〝邂逅〟
声は本棚の中から聞こえていた。
「えっ……本棚の中に誰かいる……？」
「強いて言うなら、おいらがいるな。
ほら、さっさと手に取れやい」
「う、うん……えっ、魔導書？」
冗談みたいに声を発する何か。
それは古びた一冊の魔導書だった。
相当昔の魔導書なのか、赤い表紙は黒く擦れ、
そこに描かれた魔法陣も霞んで、
どんなものか判別できない。
しかしその魔導書には確かな意識があるようで、
手に取った瞬間、朗らかな声が聞こえてきた。
「いやー、よかった、よかった。
おいらの声が聞こえる人が現れてさ。
このままこの図書館でずーっと埃を
被ったままだと思っていたから」
「……あなた、何者？
本当に魔導書なの？」

リンジー
「魔族よ、ここからが本当の勝負だ。竜騎士の力、見せつけてくれる！」

〝決戦〟
アレックス
デミス
デミスの背に乗るアレックスが、
魔族バァルと同じ高さとなった時。
アレックスは二本の聖剣をバァルへ向けた。
「覚悟しろ——剣舞！」
そのままアレックスが繰り出したのは、
舞のようにも見える剣戟の嵐。
白と黒の剣が目にも止まらぬ速さで攻めを入れ替え、
輝ける斬撃を舞踏のように回りながら繋いでいく。
聖剣から光が散って、空に光の華が咲いているようだ。

〝大繁盛〟
リンジー魔道具店は未だかつてないほどの
賑わいをみせていた。
その理由といえば、当然、
「うわぁ！　スライムだ！　可愛い！」
「本来高価なスライムがこんな安価で……！
頼む、うちにも一匹！」
「はい、少々お待ちください！」
私はカウンターでお客さんの対応をしていた。
裏ではリンジーさんが、
スライムを持ち帰り用の箱や袋に一匹ずつ
入れながらうなだれている。
「くっ……！　私の隠居生活に
こんな多忙な日が訪れようとは……！
ていうかスライム大人気すぎるだろうっ！」

Yasahashi Rakku
八茶橋らっく
[illustration]
持月コモチ
私は偽聖女らしいので、
宮廷を出て隣国で暮らします
It seems that I am a false saint,
so I will leave the palace
and live in a neighboring country.

口絵・本文イラスト：持月コモチ
デザイン：寺田鷹樹（GROFAL）

目次

It seems that I am a false saint, so I will leave the palace
and live in a neighboring country.

It seems that I am a false saint, so I will leave the palace

and live in a neighboring country.

プロローグ　帝国の聖女

「お前の治癒《ちゆ》の力は偽物《にせもの》だ！」

「偽聖女め。そうやって疲《つか》れたふりをしていれば給金がもらえていいご身分だな」

「全く、民《たみ》の血税をなんと思っているのか」

力を使った反動で地面にへたり込《こ》んだ私を見て、宮廷《きゅうてい》に仕える方々が口々にそう言った。

体中に重くのしかかるような疲労《ひろう》感もあって反論する気にもなれない。

何より、こうやって罵倒《ばとう》されるのも慣れてしまった。

もう何年もこんな状態が続いているのだから。

──私、なんのために頑張《がんば》ってきたのかな。

今となっては自分が頑張ってきた理由さえあやふやに思えてくる。

……私ことティアラは、物心ついた頃《ころ》にはこのレリス帝国の辺境の寒村にいた。

両親の顔も名前も知らない。

私は孤児《こじ》だった。

いつもお腹《なか》を空《す》かせて、飢《う》えで頭がどうにかなりそうだった。

そんな時、私は初めて宮廷の人たちの言う「聖女の力」に目覚めた。

ゴミ捨て場に投げ捨てられていた腐《くさ》りかけの果実。

綺麗《きれい》な状態だったら食べられるのにと思いつつ手を触《ふ》れたら、果実は見る見るうちに新鮮《しんせん》な状態に戻《もど》っていった。

……それが全《すべ》ての始まりだった。

動植物が弱っていたり、傷ついている時、私が触れればそれらは瞬《また》く間に治っていく。

私の力は次第《しだい》に村人たちも知るようになり、私は村の人々が病や怪我《けが》で倒《たお》れた時、彼《かれ》らを治すようになった。

助けた村人たちも私に衣食住を与《あた》えてくれるようになり、生活は少しずつよくなっていった。

そうやって生活し、私もそれなりに成長した頃。

レリス帝国の宮廷近衛兵《このえへい》の方々が私の村にやってきた。

そして私の力を確かめると「あなたは当代の聖女。ぜひ共に来ていただきたい」と言い出したのだ。

どうやら神のお告げとやらで、聖女が辺境の寒村にいると彼らは知ったそうだ。

聖女。それはあらゆる人々を癒《い》やし導く存在であり、勇者や賢者《けんじゃ》と並んで古《いにしえ》の時代より存在していたという。

私は「聖女？　自分が？」と半信半疑だった。

自分の力が聖女特有の治癒の力と言われてもピンとこなかった。

何より「宮廷に行きたくない。村の人と一緒《いっしょ》に暮らしたい」というのが私の願いだった。

村の人たちも最初は私を行かせまいと宮廷近衛兵の方々に話してくれたけれど、結局は私が出て行くことに同意した。

……宮廷近衛兵の方々が大きな袋《ふくろ》にいっぱいの金貨を詰《つ》め、村の皆《みんな》に渡《わた》したからだ。

生活が厳しい辺境の寒村、お金が必要なのは私にも分かる。

でも身売りされたようで、とても悲しかった。

……けれど、宮廷に行けば多くの人の助けになると馬車の中で兵士の方々に言われ、私は涙《なみだ》を拭《ぬぐ》って故郷を後にした。

誰《だれ》かの役に立つことはいいことだもの、そう自分に言い聞かせて。

それから私は帝国の宮廷に住むことになった。

夢に見た綺麗な衣服、美味《おい》しい食べ物、ふかふかのベッド。

最初は全てが満ち足りていた気がしてとても嬉《うれ》しかった。

……ただ、宮廷での生活は夢のようなものではないとすぐに気付いた。

「聖女様。まだ次の負傷者が来ます。すぐに準備を」

「ま、待って……。まだ力の回復が……」

聖女の力は他人を癒やす代わり、私自身を強く疲弊《ひへい》させる。

本来なら一日に何度も使い続けられるものではない。

息も絶え絶えになった私は首を横に振《ふ》ったけれど、それでも無理やりに力を行使させられた。

……レリス帝国は他国と戦争中だったのだ。

帝国が聖女の治癒の力を欲《ほっ》し、辺境まで私を探しに来た理由もそれだった。

毎日のように痛々しい負傷兵を治癒し、張り付けた笑《え》みで「頑張ってくださいね」と送り出す日々。

聖女の力の反動による疲労《ひろう》がありつつも、傷ついた人たちを前に「助けなくては」と私は気張り続けた。

だって私は、多くの人の助けになるために宮廷に来たんだもの。

……自由になりたい自分の心を偽《いつわ》り続けて、そう思い込んできた。

「その結果が偽聖女扱《あつか》い……酷《ひど》いなぁ」

自室に戻ってベッドに横になる。

体に上手《うま》く力が入らない。

涙が出そうになった。

毎日頑張ってきたのに、偽聖女と罵倒される日々が続いている。

……思えば、戦争が終結した後からそんなふうに呼ばれ始めた。

宮廷には寒村出身の私をよく思わない貴族の方々が大勢いる。

前々から嫌《いや》がらせもそれなりにあった。

聖女と呼ばれているからといって、調子に乗るな平民、などと。

多分だけど、戦争が終わってお役御免《ごめん》になった私を宮廷から追い出したい王族や貴族の方々がよからぬ噂《うわさ》を流しているのだろう。

私は聖女ではない、力も偽物だと。

「本当、馬鹿《ばか》みたい。……どうしてこうなったのかな」

この力だってほしくて手に入れたわけでもないのに。

それでも頑張って誰かのためにって自分に言い聞かせてここまでやってきたのに。

「私……なんのために辛《つら》い思いをして、頑張ってきたんだろう」

正直、これ以上この帝国のために頑張れる気がしない。

そんなふうに思いつつ、私の意識は眠気《ねむけ》で闇《やみ》へと沈《しず》んでいった。

❀

……それから、昨日の疲労が抜《ぬ》けきらない翌日。

私は早朝からレリス帝国の姫君《ひめぎみ》であるイザベル姫《ひめ》の自室に呼び出されていた。

イザベル姫は大の平民嫌《ぎら》いで知られ、いつも私を睨《にら》んでいた。

当然今も不機嫌《ふきげん》そうに私の方を向いている。

さらにイザベル姫の部屋にはエイベル・ルルス・ドミクス公爵《こうしやく》を始めとした有力な貴族の方々が控《ひか》えていた。

……皆、平民である私をよく思っていない方々ばかりだ。

王族や貴族は尊く、それ以外は下賤《げせん》であると。

今日は一体何を言われるのだろうと身構え、私は頭を下げた。

「イザベル様、ティアラが参りました。伏《ふ》して御身《おんみ》の前に」

「ハッ。こういう時は名前のみならず家名も名乗るものよ？　教育がなっていないわね」

イザベル姫が鼻で笑えば、傍《かたわ》らにいるエイベル公爵も下卑《げび》た笑みを浮《う》かべた。

「いいえ、仕方がないかと。何せ彼女《かのじょ》は元孤児。両親の顔も名も知らぬ故《ゆえ》、家名などありませぬ」

「ああ、そうだったわね。くくっ……これは失礼」

周囲の貴族も二人に合わせて私をあざ笑う。

いつも通りの嫌がらせかな、と思っているとイザベル姫が続けた。

「ねぇ、ティアラ。最近、あなたの持つ聖女の力が偽物だって噂が流れているけれど。今日はそれを確かめたく思うの。付き合ってくれるかしら？」

「……はい」

すると控えていた兵士の一人が、傷《いた》んだ果実を台ごと運んできた。

そして私の前に台を置く。

「さあ！　私の前でこの果実を新鮮な状態にしてみせなさい」

「分かりました」

イザベル姫に言われるがまま、私はいつも通り、治癒の力を働かせる。

自分の体から生命力……即《すなわ》ち魔力《まりょく》を発し、腕《うで》を伝って果実へ流し込む。

すると果実は元の新鮮な状態に戻った。

――よかった、今日もちゃんと力を使えた。これなら罵倒されずに……。

と、半ば安心しかけていたその時。

「あら？　おかしいわね。歴代の聖女は力を行使する時、眩《まばゆ》き聖なる光を発すると伝えられているのだけれど」

「うむ。ティアラの手は全く輝《かがや》いておりませぬな。これは本当に聖女の力なのでしょうか？」

イザベル姫とエイベル公爵は揃《そろ》ってそう言った。

周囲の貴族たちも揃って「確かに」「言われてみればな」と頷《うなず》いている。

嫌な予感がした瞬間《しゅんかん》、イザベル姫がにやりと笑った。

「ふふっ……やっぱりね。あなたは聖女などではない。ただの治癒術師。生命力である魔力が多いから、大方それを使って癒やしの魔術でも使っていたのでしょう。絶対的な治癒の力を持つという聖女ではないようね！」

魔術。それは私の治癒の力と同様、人間の生命力である魔力と引き換《か》えに使用できる力。

でも私は魔術を扱えないし、治癒の力だって魔術ではない。

その証拠《しょうこ》に、私は魔術の設計式である魔法陣《じん》を空間に展開できない。

これをイメージ通りに展開できなければ、魔術は行使できないのだ。

……言いがかりです、と否定する間もなく話は進んでいく。

「聖女を騙《かた》り、給金を手にしていた罪は重いものと存じます」

「偽聖女め。平民を宮廷に入れるからこうなる」

「尊き血を持たぬ者はここから消えよ！」

周囲の貴族たちから口々にそう言われて私はたじろぐ。

今まで一生懸命《いっしょうけんめい》にやってきて、今日だって治癒の力の反動でふらついているのに。

こんなふうに言われて、私は唖然《あぜん》とする他なかった。

そんな私の様子を見てなのか、イザベル姫が指を突《つ》き付けてきた。

「偽聖女ティアラ！　この件は私から父上……陛下に伝えさせていただくわ。そしてこうなれば陛下の沙汰《さた》を待つまでもない。……あなたはこの宮廷に相応《ふさわ》しい人間ではない。すぐに出て行きなさい！」

……イザベル姫から告げられた宮廷からのクビ宣告。

思わず愕然《がくぜん》としてしまった。

ここを追い出されたらどこに行けばいいのか。

私を宮廷へ売り渡した人たちの住む故郷には戻りたくないし、戻れない。

毎日毎日、気絶する寸前まで治癒の力を酷使《こくし》して、嫌がらせにも耐《た》えて耐えて、全部に耐えてきたのに最後には追い出されるなんて……あれっ？

――よく考えたら宮廷を出れば、これ以上罵倒されることも、気絶するほど疲労する聖女の力を酷使することもない？　色んな悪口に耐えて生きることも？

　……それに全てから解放されるし、いいこと尽《ず》くめでは？

貯金もあるし、住む場所はどうにかできるかもしれないし。

「ふふっ。でも情けをあげてもいいのよ？　私は寛容《かんよう》なの。平民らしく床《ゆか》に這《は》いつくばって靴《くつ》を舐《な》めれば……」

哄笑《こうしょう》するイザベル姫。

けれど私の耳にはそれらの言葉は入ってこなかった。

この宮廷から解放されるという喜びに満ちていたからだ。

それから私は、どうせ最後なのだから少しでも爽《さわ》やかに別れようと考えた末。

「これで自由に生きられます、ありがとうございます！」

勢いよく頭を下げた。

「……は?」

「な、何……?」

イザベル姫やエイベル公爵たちがぽかんとしている気がするけれど、きっと気のせいだろう。

だって二人が望んだ通りに私はここを去るのだから。

「それでは、失礼いたしますね」

私は一礼し、言われたようにすぐ宮廷から去ろうと、イザベル姫の部屋から退室した。

扉《とびら》を閉める時に「ちょっ、ティアラ……!」とイザベル姫の声が聞こえた気がしたけれど、多分聞き間違《まちが》いだ。

だってあのイザベル姫が私を呼び止めるなんてこと、あるはずがないもの。

……それから私は、聖女としての衣服から素早《すばや》く普段着《ふだんぎ》へと着替《きが》え、少ない荷物を纏《まと》めてトランクに詰め、即座《そくざ》に宮廷から出て行った。

第一章　王国の王子

日々の疲労《ひろう》で足はふらつくけれど、そんなものは気にならないほど私の心は晴れ晴れとしていた。

「今日から自由！　……でも、どこに行こう」

帝都《ていと》の大通りの端《はた》で考えること、しばし。

「ひとまず帝国図書館にでも行こうかな」

帝国図書館、そこは帝国中の貴重な文献《ぶんけん》が保管されている場所だ。

当然許可がなければ入れないが、私の場合は聖女という立場であったのと月に一度の休日に必ず通っていたので、最早《もはや》顔パスだ。

……現在は元聖女だけれど、最後に一回くらい行ってもバチは当たらないだろう。

宮廷《きゅうてい》のある帝都からはひとまず離《はな》れる予定だし。

私は賑《にぎ》やかな大通りを移動し、宮廷から少し離れた帝国図書館へ足を踏《ふ》み入れる。

神殿《しんでん》のようにも見える厳《おごそ》かな石造りの図書館は、いつ見ても建物そのものが美術品のようだった。

まずは受付さんに顔を見せると「お入りください」と一礼される。

そして中へ入れば、いつ来てもその蔵書量に圧倒《あっとう》される。

高い棚《たな》に本がぎっしりと詰《つ》まっている様は、私にとっては夢のようだった。

「辺境の故郷じゃ本なんてほとんどなかったものね……」

端的《たんてき》に表せば、私は本が——歴史書、図鑑《ずかん》、伝記、小説などのどれもが——大好きだ。

どんなに辛《つら》いことがあっても、集中すれば忘れてしまえる。

本の中は知識の海で、そこでは私はいつだって自由だから。

それを理解した時は、必死に文字の読み書きを学んで本を読めるようにしたものだ。

そんな訳で、私は休日のたびに必ずと言っていいほどこの図書館に通っていた。

図書館の中には私のように本好きと見える人たちがちらほらといて、本を開いて夢中になっている。

「帝都を出る前に最後に読むなら何がいいかしらね……」

そう呟《つぶや》いて本を一冊手に取ると、背後から「えっ」と声が聞こえた。

振《ふ》り向くと、そこには、

「アレックス。久しぶりね」

私の数少ない友人であるアレックスが立っていた。

光を受けて輝《かがや》く金髪《きんぱつ》に、こちらを映す澄《す》んだ翡翠《ひすい》色の瞳《ひとみ》。

影《かげ》を長く伸《の》ばす長身は、帝国魔導《まどう》学園の制服がよく似合っていた。

そう、理知的な雰囲気《ふんいき》を纏《まと》う彼《かれ》は、名門である帝国魔導学園の学生なのだ。

「久しぶりだな、ティアラ。……それで、帝都を出るってどういうことだ？　この図書館にもう来ないのか？」

アレックスは難しげな顔をしている。

――うん。私が図書館にもう来ないって思えば、アレックスだって事情が気になるかもしれないよね。

ちなみに、彼とはこの図書館で知り合った。

仲良くなった際に聞いたところ、アレックスは留学生であるようで、あの時はこの国の歴史に興味があったのか歴史書を手に取ろうとしていた。

一方、私も偶然《ぐうぜん》同じ歴史書を手に取ろうとして……互《たが》いに知り合ったきっかけはそんな形だった。

その後はアレックスが度々《たびたび》、私に「図鑑がどこにあるか聞いても構わないだろうか？　課題で使うんだが場所が分からなくてだな……」など、本の位置を聞いてくるようになり、気が付けば雑談することも増えていった。

結果、私の数少ない友人になったのだ。

「私、宮廷に住んでいたんだけど……事情があって出て行くことになったの。それで宮廷の近くには住む気もないから。多分、この図書館に来るのもこれが最後」

「事情があって出て行く……？　レリス帝国の当代の聖女が宮廷から？　おいおい、穏便《おんびん》じゃないぞ、何があった」

「……？　アレックス、私が聖女だって知っていたの？」

思い出すのも嫌《いや》だったから、仕事については一言も伝えていなかったのに。

するとアレックスは盛大《せいだい》にため息をついた。

「当たり前だろう。帝国で暮らしているのに当代の聖女を知らない方がおかしい。最初に出会った時は驚《おどろ》いたが……いいや、ひとまず外で話そう。ここだと他の人に迷惑《めいわく》だし、聞かれても困る」

私は思わず手で口を押《お》さえた。

……図書館ではお静かに、そういう決まりだった。

それから私はアレックスと一緒《いっしょ》に外へ出て、帝国図書館の横にある噴水《ふんすい》広場に向かい、その一角にあるベンチに腰掛《こしか》けた。

青空の下、多くの人が行き交《か》う広場には活気があった。

私は帝国図書館の次に、明るい雰囲気のこの場所が好きだった。

「……そんな訳で、今までちょっとだけ大変だったの」

諸々《もろもろ》の説明を終えると、アレックスは「はぁ……」と盛大にため息をついた。

「酷《ひど》い姫君《ひめぎみ》だ、言いがかりも甚《はなは》だしいな。戦争が終わった途端《とたん》、国のために尽力《じんりょく》してきた聖女を切り捨てるとは……」

「でも……仕方ないもの。私は元々、辺境の生まれだし。宮廷に相応《ふさわ》しくなかったのは本当かも」

頑張《がんば》って作法とかも覚えたのになぁ、と続ければ、アレックスはこちらを見つめる。

……正確には、私の手をだ。

「ティアラ。もしよければ一回、俺《おれ》の手に治癒《ちゆ》の力を使ってもらえないか？　話を聞いて気になって、確かめたいことがある」

「確かめたいこと？」

アレックスは懐《ふところ》から短剣《たんけん》を取り出し、自分の手を軽くひっかくように切った。

……これくらいの傷なら、さほど反動もなく治せる。

友人の頼《たの》みなら、と私はアレックスの手に自分の手を重ね、治癒の力を行使した。

途端に傷は癒《い》えていき、アレックスは目を丸くする。

「どう？　確かめたいことは分かった？」

「ああ、分かった。分かったが……恐《おそ》らく、とんでもないことが起こっているぞ」

アレックスは下げていた鞄《かばん》の中から筒《つつ》を取り出した。

中から紙を出して広げれば、そこには「帝国魔導学園　学位記」と記されていた。

「これって……えっ。アレックス、魔導学園を卒業したの？」

「ついさっき、これをもらってきた。だから今は故郷に戻《もど》るまでの短い休暇《きゅうか》中だ……って、そんな話はいい。俺がこれを見せたのは、俺が魔導学園で魔力や魔術について学んで研究し、ある程度の知見があるとティアラに知ってほしかったからだ」

「は、はぁ……」

いつになく熱心なアレックスの様子に、私は多少、気圧《けお》されてしまった。

「それでさっき使ってもらったティアラの力……聖女特有の治癒の力についてだ。俺の見立てでは恐らくだが、歴代聖女の『力を使った際に出る聖なる光』とやら。それは恐らく、治癒の力を行使した際、大気中へ逃《に》げる魔力が光っているんだ。つまりは魔力のロス分だ」

「……魔力が無駄《むだ》に逃げた分が光っていたってこと？」

「そうだ。治癒の力は凄《すさ》まじい魔力を消費するし、そもそも魔術の魔法陣《じん》だって輝いているだろう？　大気中へ放出される魔力は光るんだよ。でも……」

アレックスは私の手を握《にぎ》って、息を呑《の》んだ。

「……ティアラの場合、さっき手を治してもらったのを見る限り、全く魔力が光らなかった。大気中へ逃げる魔力のロスがゼロに等しいんだ。魔力が無駄に空間へ発散せず、対象の人間にのみ正確に力が働いている証拠《しょうこ》だ。さっき俺がとんでもないことが起こっていると言ったのはそれだ。魔力を行使した結果、ロスがゼロ……そんな例は聞いたこともない……！」

アレックスは自分で言いつつ妙《みょう》に感動しているような、興奮しているような様子だった。

……つまるところ、私の治癒の力はアレックスからすればかなり凄《すご》いらしい。

実感はないけれど。

「ティアラ。これから帝都を出るって言っていたが、行く当てはあるのか？」

「うーん……実はないの。故郷にも戻りにくいし、ノープラン」

「よし。だったら俺の国に来ないか？　近々帰るところだしタイミングもいい。ティアラを最高の待遇《たいぐう》で迎《むか》え入れるし、宮廷のように無理に治癒の力を使って働くことも強《し》いないと約束する。向こうにも大陸の統一言語で記された本が多く入っている図書館はあるし、自由にして構わないぞ」

「ほ……本当⁉　……って、どういうこと？　アレックス、留学生って聞いていたけど。そもそも俺の国ってそんな自分の物みたいに……」

思わず訝《いぶか》しんで聞けば、アレックスは微笑《びしょう》を浮《う》かべて、

「ああ、俺の国で間違《まちが》いない。……言ってなかったな。俺はアレックス・ルウ・エクバルト。エクバルト王国の第一王子だ」

「……えっ？　……えええっ？」

——何、アレックスって王子様だったの？　というか王子様も留学とかするんだ……。

今まであまりにも普通《ふつう》に接していたので、一周回って驚いてしまった。

「というか、なんでそんな大事なこと黙《だま》っていたの……？」

まずい、隣国《りんごく》の王子様にこれまで色々な無礼を働いていないだろうか。

……こちらは辺境の寒村出身の田舎娘《いなかむすめ》、気付かぬうちにおかしな真似《まね》をしてしまったりとか……。

ううん、と唸《うな》っていると、アレックスは小さく噴《ふ》き出した。

「くっ、ははは。驚いてくれてよかったよ。いつか驚かせてやろうって黙っていた甲斐《かい》があった」

アレックスはひとしきり笑ってから、

「それでどうする？　俺としてはティアラほどの人材がうちに来てくれればとても嬉《うれ》しい。宮廷から追い出されたティアラを引き抜《ぬ》いても、この帝国の人間も文句は言わないだろうしな。何より……友達《ともだち》の窮地《きゅうち》を放ってはおけない」

アレックスがじっとこちらを見つめてくる。

私の返事を待っているのだ。

――行く当てもないし、アレックスならおかしなことはしないだろうし。帝都から遠くへ行くって意味でも……うん。いいかも。

ここ数年の付き合いで、そう思えるくらいにはアレックスに心を許していた。

「分かった。私、アレックスについて行く。宮廷みたいに治癒の力を使って働くことを強いないって言ってくれたもの」

「当たり前だ。……魔術でもそうだが、治癒系統の力は高度かつ使用者に多大な負荷《ふか》を強いる。強引《ごういん》に使わせていいものじゃないんだ、本来なら。……その点、体を壊《こわ》さなかったティアラはかなり凄いと思うぞ」

「えへへ、そうかな」

褒《ほ》められて嬉しくなっていると、アレックスは「本当に流石《さすが》だよ」と笑《え》みをこぼした。

❀

ティアラが去った直後、レリス帝国の宮廷にて。

聖女が去ったことをまだ多くの人が知らないその場所では、問題が起きようとしていた。

「失敬、急患《きゅうかん》だ！　通してくれ！」

レリス帝国を守護する兵士たちが馬を駆《か》って現れた。

彼らは負傷した仲間を背負っており、痛々しい呻《うめ》き声が周囲へ漏《も》れる。

「東の街道《かいどう》の警備任務で仲間が魔物にやられた！　聖女様のお力をお借りしたい！」

彼らは東の街道を守る警備兵であったが、魔物――神秘の力である魔力により凶暴《きょうぼう》化した獣《けもの》――に襲《おそ》われたのだ。

魔物の膂力《りょりょく》は凄まじく、訓練された帝国兵を優に上回る。

故《ゆえ》に隣国との戦争が終わった後も、負傷した兵士が聖女ティアラの癒《い》やしを求めて宮廷へやってくることは多々あった。

これも、当代の聖女は一般《いっぱん》の兵にも癒やしを与《あた》える真の聖女である……そんな噂《うわさばなし》話が兵士たちの間に流れているためであり、それは事実であった。

……ティアラが宮廷を去るまでは。

「聖女様か、しばし待て」

負傷者を背負った街道の警備兵に対し、宮廷の近衛兵《このえへい》はティアラを呼びに急いで宮廷内へ戻る。

だが……。

「負傷者がいるようね。ならば任せなさい」

「なっ……イザベル様？」

聖女ティアラの代わりに現れたのは、帝国の第二皇女であるイザベルであった。

彼女《かのじょ》は杖《つえ》状の治癒の魔道具——内蔵魔力を糧《かて》に特定の働きをする道具——を手に、負傷した兵士の元へ向かう。

この時、イザベルは次のように考えていた。

——ふふっ。平民聖女の力が何よ。現代は昔と違い魔道具も進歩しているもの。兵士の治癒程度、宮廷の技師が生み出した魔道具で十分。少しからかった程度で宮廷を飛び出した、あんな小娘《こむすめ》の力を借りるまでもないわ。何よりあの子が出て行って清々《せいせい》したものね。

そしてイザベルは魔道具を起動させ、兵士を癒やしにかかったのだが……。

「……イ、イザベル様……？　治癒の方は……？」

兵士が困惑《こんわく》するほど、全く傷は塞《ふさ》がっていなかったのだった。

周囲の兵士たちも訝しむようにイザベルを見つめている。

「なっ……そんな？　魔道具はしっかり起動しているのに……？」

顔を青くして困惑するイザベルに、その様を見て「聖女様はどこだ？」「仲間の命がかかっているんだぞ？」と警備兵たちは、近衛兵に掴《つか》みかかった。

……兵士たちは知らない。

既《すで》にティアラはイザベルや貴族らによって宮廷を追い出されていることを。

……さらにイザベルも知らない。

聖女の治癒の力とは、聖女自身がその場に存在しているだけで周囲に影響《えいきょう》を及《およ》ぼすことを。

つまりは宮廷の技師が作った治癒の魔道具は、ティアラが宮廷にいた時には彼女の恩恵《おんけい》を受け、試験段階でも十分以上の効果を発揮していたのだ。

けれどティアラが宮廷を去って『治癒の力』全般《ぜんぱん》が弱体化した今、宮廷の技師が作った治癒の魔道具も使い物にならなくなってしまったのだ。

そもそも治癒の力は魔道具に置き換《か》えて扱《あつか》えるほど、単純なものではなかった。

……魔力のロスを限りなくゼロにして治癒の力を扱えた、真の聖女かつ歴代一の聖女であったティアラ。

その力は誰《だれ》もが想像していなかったところまで及び、帝国や宮廷を支えていた。

しかしながら治癒を一手に引き受けていた聖女ティアラはもういない。

こうしてティアラの追放が原因となり、レリス帝国が次第《しだい》に国力を衰《おとろ》えさせていくことを……帝国の人間たちはまだ誰も知らなかったし、予想すらできていなかった。

❀

どこまでも続く青い空に、柔《やわ》らかに浮かぶ白い雲。

日差しは暖かであり、その下の海を煌《きら》びやかに照らしている。

「うわぁ……！　すっごく綺麗《きれい》……！」

生まれて初めて船に乗った私は、広大な海の景色を前に歓声《かんせい》を上げてしまった。

「同感だ。今日は波も穏《おだ》やかで船旅にはちょうどいい。せっかくだから楽しんでくれ」

そう言いながら甲板《かんぱん》まで出てきたのはアレックスだった。

私は今、アレックスの故郷であるエクバルト王国へ船で向かっている最中なのだ。

レリス帝国とエクバルト王国は海で隔《へだ》てられている。

厳密には地中海で隔てられているので陸路でも向かえるらしいけれど、大きく迂回《うかい》する形になるので、船を使って直進した方がずっと早く、近いそうだ。

「しかしティアラが船酔《ふなよ》いしなくてよかった。波が穏やかでも酔う奴《やつ》は酔うからな。船は初めてと言っていたから、心配していたんだ」

「それは大丈夫《だいじょうぶ》。私、体調不良にはかなり強いから。多分、船酔いも含《ふく》めてね」

「……どういうことだ？」

顎《あご》に手を当てて首を傾《かし》げたアレックス。

私はせっかくなので話しておこうと思い、続ける。

「実は治癒の力に目覚めてから大きく体調を崩《くず》したことがないの。病気も含めてね。その、疲労《ひろう》感なんかは多かれ少なかれ感じるし、無理をすれば辛いしふらつくんだけど……強いて言うならそれくらいかな。船酔いが全然平気なのも、そういうことじゃないかなと」

するとアレックスは「ふむ」と興味深そうに唸る。

「治癒の力に目覚めてからか……。臆測《おくそく》だが、ティアラの力は自己補完という形で、必要な時には無意識的にティアラ自身に働いているのかもしれないな。帝国で治癒の力を酷使《こくし》しても体を壊さなかったのは、そういう部分もあったのかもしれない」

「つまりは自動でかぁ。……そういえば酷く疲《つか》れが溜《た》まった時とか、魔力が勝手に減る代わりに体が楽になっていたような……？」

そう呟けば、アレックスは「本当か……」と零《こぼ》した。

「ティアラ、その無意識下で力を働かせるって話。あれは本当に臆測のつもりだったんだが……。魔術を含め、人間が魔力を扱う際は凄まじい集中力を必要とする。人体を修復する治癒系統の力となればなおさらだ。それを自身限定とはいえ、本当に無意識下で……」

ぶつぶつと話し始めたアレックスに、私は「そんなに凄いの？」と思わず聞いた。

「凄いなんてものじゃない。正に聖女、圧倒的に規格外だ。気付いていないだけで他にも、ティアラの力が無意識下で周囲に影響を及ぼしていたとしてもおかしくないほどだ。……全く。俺は何をしに帝国魔導学園に留学していたんだか。最初からティアラの研究をすればよかったのかもしれん……すまん、冗談《じょうだん》だ。冗談だから引くな」

……後退《あとずさ》っていると、アレックスは「本当に嘘《うそ》だぞ」と笑った。

今更《いまさら》ながら、アレックスは魔力や魔術のような魔導に関して興味津々《きょうみしんしん》らしい。でなければ魔導学園に留学しないかと思いつつ、流石に研究対象にされるのは勘弁《かんべん》願いたかった。

「もう。……アレックスの話は難しいことばかりだね。せっかくの船旅なのに」

「そうだな。この場でこんな小難しい話はすべきじゃなかった、すまない。これまで学園での学業や研究ばかりだったから、ついそういう方向に話が飛んでしまうんだ」

「学業や研究ばかりって……でも、その割にはかなり鍛《きた》えているよね？」

そう、アレックスは学者肌《がくしゃはだ》な青年とは思えないほど、よく鍛えられた体をしている。

今は普段着《ふだんぎ》で薄手《うすで》のシャツを着ているので体つきがよく分かる。

全身の筋肉が細く引き締《し》まっていて、鋭《するど》い機能美を備えているような感じがした。

薄《う》っすらと手の甲《こう》や手首には傷痕《きずあと》があり、宮廷にいた兵士よりよほど鍛えているように思えた。

……ちなみに、私がアレックスを「王族や貴族の子息なのでは？」と思わなかった理由は、この鍛え抜かれた肉体と至るところに残る薄《うす》い傷痕にあった。

アレックスは私の視線に気付いたのか、自分の腕《うで》を見つめた。

「ああ。これはエクバルト王家の習わしの、日々の鍛錬《たんれん》でできた傷だな」

「王子様も体、鍛えるんだ？」

「一応な。エクバルト王家の祖は天神より聖剣を賜《たまわ》りし剣士だったそうだ。かつては魔物により荒《あら》されたエクバルトの地を二振りの剣で平定し、王国の礎《いしずえ》を築いたと伝えられている」

「それでエクバルト王家の人はご先祖様に倣《なら》って体を鍛えているの？」

「その通り。それにエクバルト王家の紋章《もんしょう》は民《たみ》を守る白剣と魔を払《はら》う黒剣の二本だ。自然と王族にも剣技《わざ》が求められ、年の始まりには王の剣舞《けんぶ》を天神に捧《ささ》げる習わしもある。俺も第一王子だからと、剣術の指南役には幼い頃《ころ》から厳しく鍛えられた」

私はアレックスの話に「そうなんだ……」と聞き入っていた。

帝国の宮廷の中に長くいたので、他国の話を聞くのは新鮮《しんせん》だったのだ。

「アレックス。もっとエクバルト王国について教えてくれる？　私、これから暮らす王国について色んなことを知りたい」

「おっ、構わないぞ。どうせ夕暮れ時まで海の上だしな。のんびり話すさ」

アレックスは「ティアラが興味を持ってくれてよかったよ」と言い、話を続けてくれた。

こうやって時間を気にせず誰かと話すのは久しぶりだったので、私はこの時間がとても楽しく、嬉しかった。

❀

エクバルト王国の東にあるアリダ港町にはアレックスの言った通りに夕暮れ時に到着《とうちゃく》した。

港は船から荷を降ろす人や、観光客と思《おぼ》しき人たち、さらに市場に出入りする人で賑わっていた。

そしてアレックスが船から降りると、周囲の人々が一斉《いっせい》にアレックスの方を向いた。

中には頭を下げたままの人さえいる。

「見ろ、アレックス王子だ！」

「帝国での留学からお戻りになったんだ……！」

「お帰りなさいませ、アレックス王子！」

人々の声を受け、アレックスは「ありがとう」と手を振る。

ちなみにアレックスは手の傷痕を民に見せたくないのか、白い手袋《てぶくろ》を嵌《は》めている。

衣服も船から降りる前に王国の正装らしきものに着替《きが》えていた。

……こうして見ると本当に王子様なんだなぁと思う。

「流石は王子様、大人気だね」

「帝国の聖女様には負けるよ、多分な」

周囲に聞こえないくらいの小声で軽口を言って、大通りに控《ひか》えていた馬車に乗る。

馬車には船同様、二本の剣の紋章が刻まれている。

これがアレックスの言っていたエクバルト王家の紋章なのだろう。

中も各所に精緻《せいち》な装飾《そうしょく》が施《ほどこ》され、席もふかふかで座り心地《ごこち》がいい。

「流れで乗ったけど……ちなみにこれ、私が乗ってもよかったんだよね？」

「当たり前だろう。ティアラに王国に来ないかって言ったのは俺だぞ。客人を城まで歩かせる馬鹿《ばか》はいないさ」

アレックスはさも当然のようにそう言った。

けれど私は元々田舎娘なので、いまいちこういった場面に慣れきれずにいた。

……帝国の宮廷での扱いが、聖女と呼ばれていた割に雑だったから、というのもあるかもしれないけれど。

「そんなに固くならないでほしい、これからこの国で暮らすんだから。……ほら、窓の外の景色でも見てのんびりしてくれ」

「窓の外？」

窓の向こうを覗《のぞ》き込《こ》むと、夕焼け色に染まった空と、海や港町の景色が広がっていた。

既に明かりが灯《とも》り始め、夜にも昼にもない美しさがそこにあった。

「この景色も凄く素敵《すてき》だね。人がいっぱい暮らしている感じがする」

「帝都の方が人は多いが……って、そうか。宮廷で聖女の仕事ばかりだったから、こうやって外に出る機会もあまりなかったって話だもんな」

「そう。休日も早く宮廷へ戻らないといけなかったから。だからこうやってゆっくり景色を眺《なが》めるのは新鮮かな」

街並みを眺めていると、馬車の御者《ぎよしや》が進行方向に付いている小窓を数度ノックして「失礼します、アレックス王子」と顔を覗かせた。

「僭越《せんえつ》ながら、本日もあの場所に向かわれますか？　普段《ふだん》この町を訪《おとず》れる際は、必ず向かわれていたと思いまして……」

「よく聞いてくれた。もちろん向かってくれ」

「承知いたしました」

御者は短く会釈《えしやく》し、進行方向を向いた。

「ちなみにあの場所って？」

「この町にある孤児院《こじいん》だ。……悪い、遠回りになるが構わないか？」

「うん、大丈夫。でもどうしてアレックスが孤児院に？」

するとアレックスは「王子の仕事だ」と語り出す。

「エクバルト王家の紋章は民を守る白剣と魔を払う黒剣の二本と言ったろう？　これも王家の習わしで、王族の人間は若いうち、民を守る仕事か魔を払う仕事の一方を担《にな》わなくてはならないんだ。王になれば両方やる必要があるからな。要は国のための政策か、騎士《きし》を率いての魔物狩《が》りか、どちらか一方を練習せよってことだ。王家が直接動くことで民からの信頼《しんらい》も厚くなる。それで俺は民を守る仕事を選んで、その結果がこの町のを含めた王国各地の孤児院ってわけだ」

「アレックスは立派だね。ちゃんとそういうことも考えるんだ、流石は王子様」

元々孤児《こじ》だった私としてはアレックスの仕事についてかなり好感が持てた。

行く当てのない子供というのは心細くて悲しいものだと、身をもって知っていたから。

「よせよ。孤児院の具体的な運営は各地に任せているから、俺は初動として働いたに過ぎない。何より当時から帝国へ留学する予定だったから、魔物狩りの方は国外へ行く都合上継続《けいぞく》はできないって事情もあったしな」

「それでも十分だよ。何より普段この町を訪れる時は、この町の孤児院には必ず寄っているんでしょ？　きっと子供たちも喜ぶよ。……それに持ってきたお菓子《かし》、最初から子供たちへのお土産《みやげ》にするつもりだったんでしょ？」

「……まあ、手ぶらでも仕方ないからな」

アレックスの傍《かたわ》らに手提《てさ》げの袋《ふくろ》が置かれた。

その中身は帝国で買った焼き菓子《がし》だ。

出航する前にアレックスが直接買っていたので誰かへのお土産だと思っていたけれど、ようやく合点《がてん》がいった。

「ほら、話しているうちに見えてきたぞ。あれだ」

「へぇ、思っていたよりも大きい……！」

アレックスが指したのは緋色《ひいろ》の煉瓦《れんが》造りの、大きな一軒家《いっけんや》のような建物だった。

古びた建物を改築しているのかもしれないが、その割には頑丈《がんじょう》そうに見える。

正面には大きな庭が付いていて、子供たちが駆け回っている。

……力に目覚める前、私は故郷の寒村で誰からも必要とされず、凍《こご》えながら毎日を過ごしていた。

だからこそ、こうやって子供たちが安心して遊んでいる様を見ると、やはり心が和《なご》む。

ここなら友達もいっぱいだし寒くない、よかったね……と。

アレックスが馬車から降りると「あっ、王子だ！」と子供の一人が指を差した。

すると庭から、建物の中から、次々に子供たちが集まってくる。

二十人から三十人はいるだろうか。

にこにこした子供たちにあっという間に囲まれたアレックスも、まんざらではなさそうな表情だ。

「お土産を買ってきたぞ。皆《みんな》、いい子にしていたか？」

「うん！　ローレルさんのお手伝いとかもしているよ！」

「あ、でも最近アビーが花瓶《かびん》割った……」

「ちょっとっ！　あれは部屋に入った野良猫《のらねこ》を捕《つか》まえようとしたからでしょっ！」

アレックスからお菓子を受け取ると、子供たちは思い思いに近況《きんきょう》を話す。

中には「王子！　また剣舞を見せて！」とせがむ子さえいた。

アレックスはびっくりするほど子供たちに大人気だった。

その時、建物の中から一人の女性が駆けてきた。

長い黒髪《くろかみ》を後ろで束ね、エプロン姿で慌《あわ》てて走る様は生活感があり、皆の優《やさ》しいお母さんといった様子だった。

「皆、王子が困っているでしょう？　すみません。この子たち、王子のことが大好きなようで……」

「構わない。ローレルさんも毎日ありがとう。子供たちの相手は大変だろう？」

「いえいえ、とんでもないです！　私も毎日楽しいです。何より王子のお陰《かげ》でこの子たちもすくすく成長しています、ありがとうございます」

やはりこの方、ローレルさんが孤児院で子供の面倒《めんどう》を見ているらしい。

アレックスも久々の来訪ということで、ローレルさんから近況を聞いていた。

「それで、最近は変わりないか？　何かあればこの場で言ってほしい。見回りの騎士も定期的に顔を出していると思うが、俺にこの場で言った方が早いぞ」

「それがですね……。実は最近、この町で病が流行《はや》っていまして。大人はかかっても問題ないのですが、体力のない子供たちが不安で。この孤児院でも今はジャックとトーマスが寝込《ねこ》んでいます」

「となれば薬が必要か。分かった。すぐに手配を……」

アレックスがそう言った時、私は反射的に「あの！」と声をかけていた。

昔の私自身を重ねて思えば、困っている子供がいるというのなら放ってはおけなかった。

「病気の子がいるんですよね？　なら私が治します」

「治す……？　あの、アレックス王子。この方は？」

「俺の友人、ティアラだ。腕利《うでき》きの治癒術師なんだが……」

アレックスは言葉を濁《にご》した。

治癒術師とは魔術で人を癒やす職業の人だ。

私は魔術を扱えないので、厳密には違う。

けれどああ言ったのは、私が帝国の聖女と知られれば要《い》らぬ噂《うわさ》が立つから、という彼なりの配慮《はいりょ》なのだろう。

そしてアレックスは小声で私に聞いてくる。

「ティアラ、病も治せるというのは本当か？　聖女の治癒の力はあくまで傷にのみ作用するんじゃないのか。聖女の力はあくまで、治癒系統の魔術似の力が極《きわ》まった形、といった認識《にんしき》だったが……。そもそもどんなに高度な治癒系統の魔術でさえ病までは治せないしな」

「……？　そうなの？　でも帝国の宮廷で王族や貴族の方々が病で倒《たお》れた時も、私が全部治したけど。二年前の流行り病の時だってそうだったから」

「二年前の流行り病って、黒鱗《こくりん》病か……⁉　場合によっては国が傾《かたむ》くという病。あの時、学園に通っていた貴族家の子息が罹患《りかん》した数日後には元気に出てきていたが、あれはつまり……」

「きっと、私が治したんじゃないかな。治した人が多すぎて覚えていないけど、子供から老人まで皆を治したもの」

そういえば黒鱗病って名前だったなと、話しながら思い出した。

これまでの日々が激務すぎてすっかり頭から抜けていたのだ。

確か黒鱗病は肌へ黒のまだら模様が出て鱗《うろこ》のようになり、高熱も出る病だが、確か私が治癒の力を使った途端に肌も熱も元通りになったはず。

「あまりにもデタラメな力だが、流石は聖女といったところか。帝国の連中、ティアラを追い出すとは本当に間抜《まぬ》けなことを……」

驚き半分呆《あき》れ半分といった様子のアレックス。

私はローレルさんの方を向いた。

「ローレルさん、私を病気の子供たちのところへ連れて行ってください。どうにかしてみせます」

「分かりました。それではこちらへ」

ローレルさんに連れられ、私とアレックスは孤児院の二階へ向かった。

二階の隅《すみ》にある部屋の前へ行くと、ローレルさんは扉《とびら》を数度ノックした。

「ジャック、トーマス、入るわよ」

扉を開くと、ベッドの上で子供たちが横になっていた。

時折苦しそうに「うーん……」と唸り、額には大きな汗《あせ》が滲《にじ》んでいる。

「アレックス王子は部屋の外で。病がうつると大変ですので……」

「構わない。ティアラがやることを傍《そば》で見届けたいんだ」

アレックスの言葉に、私は一つ頷《うなず》いた。

「大丈夫です。もしアレックスにうつっても私が治すもの」

それから私は子供たち二人の体に触《ふ》れ、治癒の力を使う。

「辛かったね、でも大丈夫。これで楽になるから」

魔力を流し込んで、二人の中にある悪いもの、黒い塊《かたまり》を光で押し流して砕《くだ》くイメージを持つ。

そのまま力を使い続ければ、子供たちの顔から赤みが引き、息も落ち着いたものになった。

感覚からも、二人の中から黒い塊は消え去っている。

一方、私の方は反動で少しばかりの疲労感があったけれど、アレックスと王国に行くと決めてから一切《いっさい》治癒の力を使っていなかったので大したことはなかった。

「……ふぅ。終わりましたよ、ローレルさん。もう大丈夫です」

ローレルさんは子供たちの額に手を当てると目を丸くした。

「熱が引いている、三日も熱が引かなかったのにこうもあっさりと……！　ありがとうございます、ティアラさん！」

大きく頭を下げられ、私は「いえいえ、そんな大したことは」と恐縮《きょうしゅく》したけれど、アレックスも目を丸くし、驚きながら割り込んできた。

「待て待て、大したことあるぞ！　本当に治してしまったのも驚きだし、相変わらず魔力のロスによる輝きはなかったが、よくよく感じてみれば凄まじい魔力量だ。……古から伝わる聖剣並みの大魔力、それを一切のロスなしに取り扱うとは。これは……あれだな」

「あれとは？」

アレックスは「言ってみればだな」と腕を組んでから、

「素人目《しろうとめ》にはただ体に手を当てているだけの、大したことのない光景に見えるだろう。でも魔力や魔術について造詣《ぞうけい》のある人間から見れば圧倒的な達人技だと分かる。ティアラの力がここまでだと、帝国がこの王国を凌《しの》ぐ魔術大国である割に、向こうの宮廷のお偉方《えらがた》は素人だったと露見《ろけん》したようなものだな。……もしくはなんらかの陰謀《いんぼう》が絡《から》んでいた可能性もあるが……」

アレックスはそれから「まあ、実際に力があるのは仕えている魔術師や技師で、王族や貴族の大半はそうでもないのだろう」と付け加えた。

実際、宮廷にいた王族や貴族の方々は直接魔力や魔術に触れるというより、各所へただ指示を出す司令塔《しれいとう》的な役割だった。

それが偉い人の働き方なのかと私は思っていたのだけれど、本来は魔術的な知識も必要らしい。

「帝国のお偉方もある程度は魔力や魔術について造詣があってもいいだろうに。これは王国も同じ轍《てつ》を踏まないよう、反面教師にしないとな」

アレックスは大真面目《おおまじめ》な表情でそう言い切ったのだった。

❀

孤児院から出る際、私とアレックスはローレルさんや子供たちから盛大に見送られていった。

特に目覚めて元気になったジャックやトーマスからは「ありがとうお姉ちゃん！」「まるでおとぎ話の聖女様みたいだね！」とさえ言われた。

……子供の勘《かん》は結構鋭いなぁと思った瞬間《しゅんかん》だった。

馬車に戻ると、御者の方が「お二人ともお疲れ様です」と迎えてくれた。

「アレックス王子。これからは城の方へ向かってもよろしいでしょうか？」

「頼む。気が付けば完全に陽《ひ》も沈《しず》んでしまった。早急に城へ向かい、父上に会わねばな」

「承知いたしました。陛下もアレックス王子のお帰りを心待ちにしていましたので、喜ばれるかと」

それから御者は滑《なめ》らかに馬車を進めていった。

――アレックスのお父さんって、エクバルト王国の王様だよね。

当然、王としての執務《しつむ》でかなり多忙《たぼう》だと思われる。

それでも留学から戻ったアレックスに、無理をして時間を作ってでも会いたいと思っているのだろう。

そこは王族であっても普通の親子のようだった。

「ああ、それとティアラ。ティアラにも一緒に父に会ってもらいたいから、そのつもりで頼む」

「えっ……私も？」

アレックスに突然《とつぜん》言われて、思わず背筋が伸びた。

「当たり前だろ。この国で暮らすなら直接ティアラを紹介《しょうかい》する必要がある。帝国の元聖女なんだから、一応は父にも会わせておかないとな」

「それは当然、お世話になるんだからどこかでご挨拶《あいさつ》はしないとって思っていたけど。……でもいいの？　この国に戻って初めてお父さんと話すんでしょ？　私、邪魔《じゃま》になるんじゃないかってそっちの方が心配だったんだけど」

——私も挨拶をしないほど礼儀《れいぎ》知らずじゃないし、そういう意味で驚いたわけじゃないもん。

抜けていると思われたかな、と窓の方へ視線を逸《そ》らすと、アレックスは苦笑した。

「ああ、そういう方向の心配だったのか。それは失礼した。でも大丈夫だ。父とは定期的に魔石通信で話しているからな。そこまで積もる話もない」

魔石通信。

多くの魔力を溜め込む鉱石、魔法石の魔力を利用し、念話の魔術で成立する遠距離《えんきょり》用の連絡《れんらく》手段だ。

五年ほど前に帝国で技術が確立され、手紙よりずっと早くやり取りできると、各地でも魔石通信は盛んになっているのだとか。

もっとも、念話の魔術を扱える魔術師が必要であったり魔法石自体が高価なので、王族や貴族の間でのみ利用されていると聞いている。

……そうやって話していると、アレックスが「おっ」と窓の外を覗いた。

「城だ、じきに降りるぞ」

「あれがアレックスの……！」

この国の王都は港町からさほど離れていないようで、深夜になる前には城が見えてきた。

月明かりを受け、そびえる城は、帝国の宮廷よりも立派で、どこか幻想《げんそう》的な雰囲気だ。

城を眺めていると、その頂上付近に何かが飛んでいるのが視界に映る。

前脚《まえあし》の代わりに翼《つばさ》を持ち、首が長いシルエット。

一見して巨大《きよだい》な鳥に見えたが、よく見れば長い尾《お》が付いている。

馬車が城に近付くにつれ、その頭は鳥ではなく精悍《せいかん》なトカゲのようで、鋭い牙《きば》が生えていると分かった。

さらにその背には武装した人を一人乗せている。

月を背にするその姿は、まるで絵画のようだと思えた。

「あれって……もしかしてドラゴン？　騎士みたいな人も乗せているけど？」

「ああ、エクバルト王国の竜騎士《りゆうきし》だな。任務から帰還《きかん》したようだ。……帝国といえば魔術大国だが、我《わ》が国は昔から竜《りゆう》飼いの国として知られている。ティアラは竜を見るのは初めてか？」

「うん。帝国では見たことなかったから……」

ドラゴン、または竜。

それは魔物の頂点種であり、高い知能を持った生き物とされている。

慣れれば人を乗せると知識では知っていたけど、こうして見るのは初めてだ。

「だろうな。王国の竜は人に慣れやすい種類だが、国外へ連れ出すことは禁じられている。卵や雛《ひな》も、国の外へ持ち出すだけで重罪だ」

「それで帝国では一切見なかったんだ」

「加えて、エクバルト王国は竜の力で他国より優位に立っているからな。竜飼いと騎乗《きじょう》の術が国外に流出することだけは避《さ》けなくてはならないんだ」

なるほど、そこには国の事情もあったのか。

これまで宮廷に引き籠《こ》もっていた……というか半ば監禁《かんきん》状態での仕事漬《づ》けだったので、その辺りの話は全く知らなかった。

それから城に到着し、私とアレックスは馬車を降りた。

涼《すず》しげな夜風が吹いてきて、月明かりに照らされた城と合わせて、なんとなく風情《ふぜい》を感じる。

そんな時「王子！」と一人の騎士が駆けてきた。

振り向けば、騎士の駆けてきた方には一体の竜が首と尾を丸めて休んでいた。

先ほど飛んでいた竜だろうか。

遠目には大人しく、従順な大型犬のようにも見える。

「アレックス王子、お戻りになられたのですか」

「久しいな、テオ。お前も壮健《そうけん》そうで何よりだ」

「留学している間、留守《るす》を任せると王子直々に言われましたから。我が相棒の騎竜共々、体を壊している暇《ひま》などありません」

テオというらしい騎士は兜《かぶと》を取り、アレックスの前で片膝《かたひざ》を突《つ》いた。

短く切りそろえた黒髪に、明るく目を引かれる深紅《しんく》の瞳。

歳《とし》はアレックスや私と同じくらいだろうか。

アレックスは学者のような真面目さを漂《ただよ》わせているが、テオは見た目の通り騎士らしい真面目さを纏っている。

「アレックス王子。そのお方は？」

「ああ、友人のティアラだ。面倒な立ち位置にいた帝国の要人だったのだが、自由になったのでこの国で暮らすことになった。これから父上に挨拶に行く」

するとテオは「なっ……!?」と衝撃《しょうげき》を受けた様子で固まった。

「どうしたテオ。気になったことがあるなら言え」

「い、いえ。しかし……」

「構わない。俺とお前は幼い頃からの付き合いだろう。お前に隠《かく》し事をされると……そう。魚の小骨が喉《のど》に突っかかったような気分になる。だから言え、気になるだろう」

海が近い城で育ったからなのか、アレックスは独特なたとえをする。

けれどこの国の騎士であるテオとしては、別段そこは気にならないようで「その……」と口籠りつつ話し出した。

「僭越《せんえつ》ながら、少々驚きまして」

「何がだ」

「……まさかアレックス王子に友人が、それも国へ連れ帰ってくるほどの友人ができるとはと……。失礼ながら、私を含め、アレックス王子は剣技の他は魔導にしか興味がないものと……」

「うん、それは本当に失礼な物言いだな」

「……ぷっ！」

命じられたからとはいえ、歯に衣着《きぬ》せぬテオの物言いに、私は堪《こら》え切れずに笑ってしまった。

確かにアレックスは図書館で会った時も、外で話した時も、魔力や魔術の話題をよく持ち出してきた。

しかもアレックスが図書館に来て魔導系の書物を漁《あさ》るのは、大抵《たいてい》が学園の休日だった。

留学時の休日でさえ他所《よそ》へ遊びに行かず図書館に通うようでは、この国にいた頃も同様だったのだろう。

魔導にしか興味がないと騎士に言われても仕方がないと思ってしまったのだ。

「……笑うなよティアラ。テオの言うことも半分間違っていないが、逆に言えば半分は間違いだ。俺も友人くらいは作るさ、少しはな」

半ば照れているのか顔をほんのりと赤くしたアレックスは「行くぞ」とズンズン先に進んでいく。

一方のテオといえば、

「ティアラ様。アレックス王子と一緒に行ってください。私は騎竜を竜舎《りゅうしゃ》へ戻し、これから任務の報告をせねばなりません」

「分かりました。ありがとうございます」

そうして歩き出そうとすれば、テオから「後、それと」と呼び止められた。

「アレックス王子を今後もお願いします。実は魔導学園への留学も、城暮らしで友人のできない王子を憂《うれ》いて陛下から勧《すす》められたものでもあります。その辺の学び舎《や》では満足しなそうな、魔導にとても興味のあった王子は案の定喜んでいたものの、本当に友人ができるのかと皆で心配したものですが……よかった。ちゃんと王子が感情を見せるほどの友人ができたようで、私も安心です」

テオは爽《さわ》やかに一礼して、騎竜の方へと駆けて行った。

❀

「ここがエクバルト王国のお城の中……」

アレックスや使用人の方々に連れられ、私は王城の中を歩いていた。

魔術大国であるレリス帝国と、剣と竜の国であるエクバルト王国。

土地や文化が違うからなのか、帝国の宮廷とも全く建物の造りが違う。

それに帝国は魔術的な意味合いの紋章や刻印が多かったけれど、王国はその成り立ちや王家の紋章について剣が重視されているためか、剣や騎士の意匠《いしょう》が建物の各所に施されていた。

「帝国の宮廷と比べてどうだ？　聖女様のお眼鏡に適《かな》うと嬉しいが」

「アレックス、茶化さないの。……でも、とっても素敵なお城だと思うわ。アレックスはここで育ったんだね」

「ああ、王族だから生まれも育ちもこの城だ。だから正直、帝国へ留学が決まった時は緊張《きんちょう》したよ」

帝国への留学。

それについてはさっき、テオからアレックスの父である王様から勧められたものと聞いた。

アレックスの魔導好きを承知で帝国魔導学園を留学先に選んだのだろうから、王様はかなり息子《むすこ》思いのお父さんに感じられる。

そんな王様にこれから会うんだなと考えた時……ふと足がピタッと止まった。

「んっ？　ティアラ、どうかしたのか？」

アレックスがくるりとこちらに振り向く。

彼は船から降りる前に着替えているので、王子様らしい黒を基調とした締まった服装だ。

皺《しわ》一つなく、よく鍛えられた体にしっかりと合っており、彼の整った顔立ちも相まって留学帰りながら王子様として仕上がっている。

……一方の私、今更ながら旅装というか、普段着だった。

もし私が社交場に慣れた貴族令嬢《れいじょう》辺りだったら船から降りる辺りで「持ってきていたドレスに着替えて……」など考えたかもしれない。

しかし田舎娘の私にそんな頭はなかったし、そもそも聖女としての衣服も自由になった勢いで宮廷に置いてきてしまった。

手持ちの衣服は他に、トランクの中に入っている数少ない普段着のみだ。

つまり……私が何を気にしているかというと。

「アレックス。私……これから王様に会うのにこんな格好《かっこう》でいいのかな？」

「……？　いいだろう？　だってティアラは今、変装中なんだから」

「へ、変装中？」

「変装って言い方で間違ってないだろう？　だってティアラは元とはいえ、帝国の聖女としてそこそこの有名人だ。着飾《きかざ》って目立った格好で船から降りて王国入りしたら、要らぬ噂話が立っただろうしな。王子と一緒に異国の貴人がやってきたって。……だからその一般市民にも従者にも見えるラインの服装は、変装としてかなりいいと思ったぞ。状況《じようきよう》把握《はあく》が上手《うま》くて助かったよ」

「あ、うん。そうね」

アレックスの中の私像って凄いなぁ……。

一体どんなふうに見えているんだろう。

……本当は考えなしでした、なんて言えなくなってしまった。

誤魔化《ごまか》そうと、我ながら遠い目になってしまう。

そして再び歩みを進めていくと、左右の扉に一本ずつ剣が描《えが》かれた大扉の前に着いた。

「左の白い剣は民を守る剣、右の黒い剣は魔を払う剣。我が王家の紋章で隔てられたこの先に父上が、この国の主《あるじ》がいる。準備はいいか？」

緊張のあまり、私は息を呑んだ。

口の中がカラカラだ。

私はアレックスへ「大丈夫」と返事をしながら思った。

――しまった、こんなことなら船の中で王国の礼儀作法を聞いておくんだった……！

帝国式で不作法ではないだろうか。

貴族令嬢とか姫君ならこんな時どうやって乗り切るのだろうか。

私のような田舎娘には荷が重い。

くのを待った。

ともかく私は、内心ガッチガチなのが表情に表れていないことを祈《いの》りつつ、騎士たちが大扉を開くのを待った。


……そうして開いた先には、広々とした空間が広がっていた。

金銀などの美しい装飾が各所に施され、帝国の王の間より華美《かび》に思える。

部屋の奥《おく》の玉座に座《すわ》っているのがアレックスの父、この国の王様だろう。

アレックスと同じ金髪に翡翠色の瞳。

親子なだけあり長身なのも同じだと遠目からでも分かった。

ただ、その目は思っていたよりもずっと柔らかなものだった。

——帝国の王族の方々が私を見る、厳《いか》めしい視線とは全く違う……。

国が違えば為政者《いせいしゃ》の姿勢も違うのだと、私は肌で実感した。

「父上、ただ今戻りました」

「うむ、四年間にも及ぶ留学、ご苦労であった。前に戻ってきたのは一年前か。随分《ずいぶん》とよい顔になったものだ。学業や研究では実りはあったか？」

「はい。帝国の魔導学会にて、学園卒業時に提出した論文を発表させていただきました。恩師の方からはぜひ帝国に残り研究職に、などと冗談を言われたものです」

……それを聞いて、私は「ん？」と変な声が出そうになった。

帝国図書館には直近の新聞も置かれ、自由に読めるようになっている。

そこでこんな見出しを見たのだ。

異国の秀才《しゅうさい》が帝国の魔導学会を震撼《しんかん》させたと。

――あれってまさかアレックス？　本当に優秀《ゆうしゅう》なんだね……というか多分、その恩師の方の言葉は冗談じゃなくて本音だよ。

帝国が大陸中に轟《とどろ》く魔術大国なだけあって、魔導学会は非常にレベルが高いのだという話は宮廷でも定期的に耳にしていた。

それも発表するだけでも一定以上の実績や成果がないといけないので、一生魔導学会に出られない魔術師さえ珍《めずら》しくないのだとか。

なのに若くして魔導学会に出られたほどの教え子がいるのなら、たとえ隣国の王子であっても、その恩師はきっと手放したくなかっただろう。

「ふむふむ、大いに実りがあったようで何よりだ。それと……そうか。そちらの方が前回の魔石通信で話題に上がった帝国の聖女様か」

「初めまして、ティアラと申します。帝国の宮廷で聖女をしていましたが、今は特段、そういった地位や立場はございません。ですので私のことは聖女ではなくティアラとお呼びくださいませ、陛下」

……ひとまず一礼してみたけれど、特に無礼とかなかったよね？

というかアレックス、前もって魔石通信で私のことを王様に話してくれていたんだ。

そう思いつつ待てば、王様から「承知した」との返事があり、ほっとした。

「こちらの挨拶が遅《おく》れた。私はクリフォード・ルウ・エクバルト。見ての通り、このエクバルト王国を統《す》べる者だ。帝国の宮廷では酷い扱いを受けていたと聞いているが、この国では自由にしてもらえれば何よりだ。元聖女である前に、アレックスの大切な友人として歓迎《かんげい》する」

「ありがとうございます。クリフォード陛下」

王様ことクリフォード陛下はやはり優しい方のようだった。

私の持つ治癒の力は、不思議と体の傷だけでなく心の傷にも関係する。

だからだろうか、私はこの力を得てからなんとなく人の心を感じられるようになっていた。

なのでそういった意味でも、クリフォード陛下は優しく、寛大《かんだい》な心の持ち主であると伝わってきた。

「船旅で疲れたであろう。今宵《こよい》はもう休むとよい。アレックス、失礼のないようにな」

「分かっています、父上。ティアラ、行こうか」

それから私は再び一礼し、アレックスに連れられてクリフォード陛下のいる王の間から退室したのだった。

❀

「ちょっと緊張した……」

王の間から退室した私は、肩《かた》から大きく力が抜ける思いだった。

アレックスは「そんなに脱力《だつりょく》するほどか？」と言っているけれど……。

「そんなに脱力するほどだよ。王子様のアレックスは慣れていると思うけどさ」

「しかしティアラにも慣れてほしいな。今後はこの城で暮らすんだから」

「……やっぱりこのお城で暮らすんだ」

「うちの国に来ないかって誘《さそ》っておいて、その辺の宿に泊《と》めたら、そっちの方がおかしいだろう」

……その辺の宿の方が気楽かも、というのは黙っておこう。

「とりあえず食事と風呂《ふろ》、どっちがいい？」

「それならお風呂で……。ちょっと一息つきたいかも」

「了解《りょうかい》だ。それなら夕食の時にまた会おう。とはいえ少し驚くかもしれないが……楽しんでくれ」

アレックスはそう言い残し、使用人の方々に後を任せてどこかへ行ってしまった。

——少し驚くって、どういうことだろう？

疑問は残ったけれど、アレックスはもう行ってしまった後だ。

それに女の子のお風呂についてアレックスに案内されても色々と困るし、彼もそれを分かって濁した言い方をしたのかもしれない。

「ティアラ様、こちらへ」

……と、私は女性の使用人の方々に連れられてお風呂へ向かった。

そしてここでもまた驚くべきというか、国の違いを実感することとなった。

「エクバルト王国のお風呂って、お湯を溜めてそこに入るんだ……」

泉かな？　と思うほどの巨大なお湯溜まりは、湯船と言うらしい。

すると控えていた使用人の方が尋《たず》ねてきた。

「その、レリス帝国のお風呂はどのようなものなのですか？」

「蒸《む》し風呂で、蒸気浴が一般的なんです。それとシャワーで汗を流します」

「なるほど、あちらはそうなのですね。しかしこちらのお風呂も十分心地いいかと思います。地下から湧《わ》き出す温泉を城まで汲《く》み上げておりますので、疲労回復にもよいかと。それではごゆっくり」

私に気を遣《つか》ってか、使用人の方は浴室から出て行った。

早速《さっそく》私は体を流してお湯にゆっくりと浸《つ》かってみる。

……お湯が熱くて足先がチリチリするけれど、じんわり温まってくる。

一人で足を伸ばして大きな湯船に浸かるなんて、これまでにない体験だ。

さっきは地下から湧き出す温泉と言われたけれど、そもそも帝国では地下からお湯は湧かない。

「アレックスが少し驚くかもって言っていたの、こういうことだったんだ……」

お湯の温かみで脱力しながら呟いた。

アレックスも留学当初は蒸し風呂を見て「レリス帝国は蒸気で温まるのか……」と驚いたに違いない。

「……あー。でも私、こっちのお風呂の方が好きかも。お湯で体が浮くし……気持ちよくて寝《ね》そう……」

宮廷を追い出されて、図書館でアレックスと会って、しばらくして船で帝国を出て王国の城にやって来て……。

今までの疲労もあって、危《あや》うくお風呂で眠《ねむ》ってしまいそうだった。

……そうして結局、うとうとしてのぼせかかっているところを使用人さんに発見され、私は初のエクバルト王国式のお風呂から上がったのだった。

「……ああ、それで顔が赤いのか。長湯だと思ったらそういう理由だったと」

「思っていたより気持ちよくてね……」

お風呂で休んだ私は、若干《じゃっかん》のぼせかけながら、アレックスと合流していた。

部屋は城の一室ながら静かで、夜の王都をのんびり一望できる場所だった。

そして大人数では疲れるだろうというアレックスの気遣《きづか》いにより、今日の夕食はこの部屋で、私とアレックスの二人きりでということになっていた。

帝国図書館に二人でいた時もお腹が減ったらその辺のお店に適当に入って食べていたので、私としても食事の相手がアレックスだけだと気楽で助かる。

ただし……出てくる食事は豪華《ごうか》で、適当に食べていいものじゃないけれど。

味付けは帝国のものより薄めで、素材の味を活《い》かした海の幸《さち》が多めで食べやすかった。

帝国の宮廷では肉類が多めで、脂《あぶら》が強くて苦手だったのだ。

また、アレックスは長湯でまだ顔が赤い私が面白《おもしろ》いのか、こちらを見て微笑《ほほえ》んでいた。

「そういえばアレックスが驚くかもって言っていた理由、よく分かった。帝国とはお風呂が全然違うんだね」

「国の成り立ちや文化が違うからな。その様子だと気に入ってもらえたらしくてよかった」

「……ちなみにアレックスも最初はびっくりした？　帝国式のお風呂は」

すると彼は「全然」と首を横に振った。

「あらかじめ知っていたからな。仮にも一国の王子が留学に行くんだから、前もって生活についての下調べくらい済ませるさ。ついでに帝国にも王国人向けの浴場も一応はあったからな。溜め風呂が恋《こい》しくなったらそっちへ行っていたよ」

「ふーん……そうなんだ」

せっかくアレックスも私と同じくらい驚いたと思ったのに。

「拗《す》ねるなよ。俺はティアラが驚いてくれて嬉しかったけどな」

「なんか私ばっかり驚いている気がする。アレックスが王子様だったところから始まってね」

細目で見つめると、アレックスは視線を逸らした。

……逃げたな。

「あ、ああ、そういえばティアラの部屋だけど、既に準備はさせてあるからな。明日は城や王都の案内をしようと思っているから、今夜はゆっくり休んでくれ」

あからさまに話を変えたけれど、アレックスが言外に白旗を上げている気がしたので許してあげることにした。

「……というか、王子様直々に案内してくれるんだ？」

「王子である前に友達だからな。……それと正直、王国でも友達と出歩くなんて滅多《めった》になかったから。俺も楽しみなんだよ」

言われてみればアレックスも王子という立場上、帝国への留学前も色々と多忙だったのだろう。テオやクリフォード陛下がアレックスの友人事情で頭を悩《なや》ませていたのには、彼の魔導好き以外にそういった理由があったのかもしれない。

それに実を言えば私も、聖女の仕事が忙《いそが》しくて友達と自由に出歩くなんてほとんどしてこなかったから、明日が楽しみになってきていた。

「分かった。それなら明日は二人で楽しんじゃおう！」

「ああ、そうしよう」

こうして私のエクバルト王国での初日は、ゆっくりと終わっていったのだった。

❀

レリス帝国を古くから支えてきた四大貴族家の一角、ドミクス公爵家《こうしやくけ》は、かつて帝国魔導学園の設立にも関《かか》わり、優秀な魔術師たちを多く抱《かか》える名家だ。

その力は四大貴族家の中で最も強く、帝国を統べる王族とも深く繋《つな》がっているとされ、ドミクス公爵家へ仇《あだ》なせばそのまま帝国が動くとさえ噂されるほどだ。

そんなドミクス公爵家の当主であるエイベル・ルルス・ドミクスは、大陸一の信者数を誇《ほこ》る輝星《きせい》教会の重鎮《じゅうちん》、バルト・アーサイル枢機卿《すうききょう》と……。

「バルト殿《どの》、本日はご足労いただきありがとうございます」

「お久しぶりでございます、エイベル様。こちらこそ、お招きいただき嬉しく思っております」

……ドミクス公爵家の一室にて、密談を行っていた。

バルト枢機卿は輝星教会において、現教皇の右腕《みぎうで》とさえ称《しよう》される男だ。

その力は枢機卿ながら小国の王を凌ぐとさえ言われている。

また、力の強さから、不要な秘密を探《さぐ》る者は闇《やみ》から闇へ葬《ほうむ》られる……などという噂まで流れている始末である。

されど、ドミクス公爵家とバルト枢機卿に関する黒い噂は、証拠さえ残ってはいないがおおよそが真実でもあった。

「バルト殿、本日は急にお呼び出ししてしまい申し訳ない。できれば文か魔石通信で済ませたかったのだが、用件が用件なだけに直接お話しできればと」

「ええ、構いませぬとも。……そして直接の話となれば、あの件が解決したと?」

「はい。あの聖女、ティアラとかいう小娘を宮廷から排除《はいじょ》いたしました。これであの小娘に向いていた民や兵たちの心は、輝星教会の方へ戻るかと」

エイベルの話を受け、バルトはほくそ笑んだ。

……腹の底から湧き上がる笑いを隠しきれなかったのだ。

「くっ、ははははっ。それはそれは、願ってもいないことでございます。聖女などという偽《いつわ》りの救いを求めた民衆たちの心も、これで輝星教会へ戻るでしょう」

……ことの発端《ほったん》は、聖女ティアラが一般の兵にも癒やしを与える真の聖女である、という噂話から始まった。

高貴なる王族や貴族以外にも、求められれば平民や、平民出身の兵士にも癒やしを与える聖女ティアラ。

戦場にて痛々しく傷ついた兵士にも、彼女は慈愛《じあい》の手を差し伸べた。

実際ティアラは、外に出た際に噂を聞きつけた民草に乞《こ》われれば、彼らにも無償《むしょう》で治癒の力を行使していた。

結果、民衆の間で聖女ティアラこそが真の救世主であるという評判が静かに広まっていったのだ。

そして困ったのは民衆からの寄付金で運営している輝星教会だ。

——寄付金を寄越《よこ》して一心に祈っても、神は救いをもたらすとは限らない。

――加えて輝星教会に治癒系統の魔術を求めれば、対価として決して安くない金額を求められる。

――されど聖女ティアラに懇願《こんがん》すれば、直ちに救いを与えてくださると。

こうしてレリス帝国での輝星教会の立ち位置は、聖女ティアラの活躍《かつやく》によって危ういものとなっていき、信者数の激減と寄付金の減少という二重苦を受けていた。

当然ながら輝星教会としては聖女ティアラの排除が望ましい。

だが魔術大国であるレリス帝国の宮廷にいるティアラを、輝星教会が直接排除するのは困難であり、露見すれば帝国との正面衝突《しょうとつ》にも繋がりかねない。

そこで枢機卿であるバルトが目を付けたのが……帝国と深く繋がっている公爵家当主のエイベルであったのだ。

「それではエイベル様。『お礼』の品は速《すみ》やかにお持ちしますので少々お待ちください。『今後』についてもお約束通りに」

「承知いたしました、バルト殿。楽しみにお待ちしております」

エイベルもまた、ニヤリと下卑《げび》た笑みを浮かべた。

つまるところエイベルは、イザベル姫《ひめ》の平民嫌《ぎら》いを利用してティアラを宮廷から追い出した張本人であった。

ティアラの力が偽物《にせもの》であると噂を流し始めたのもエイベルだ。

イザベル姫にティアラをからかうよう唆《そそのか》したのもこの男の仕業《しわざ》だった。

もっとも、エイベルとしてはティアラの追放がスムーズにいきすぎて驚いたものだが……全《すべ》ては輝星教会から多くの甘《あま》い蜜《みつ》を吸うために。

バルトが約束した『お礼』の金品は途方《とほう》もない額であり、『今後』についてもバルトは寄付金の一部をエイベルに渡《わた》し続けると約束した。

——こうして輝星教会と癒《ゆ》着《ちゃく》を強めていけば、我がドミクス公爵家は帝国の四大貴族家という括《くく》り以上の力を得ることが叶《かな》うだろう。ゆくゆくは輝星教会も手中に収め、ドミクス公爵家は陰から大陸全土を牛耳《ぎゅうじ》るのだ。

エイベルはそのように考え、胸の高鳴りを抑《おさ》えきれずにいた。

これは我が大望の第一歩であると。

……貴族家の当主として、貪欲《どんよく》に利益と家の繁栄《はんえい》を求めるエイベルの姿勢は間違ってはいない。

しかし、彼は全く気付いていない。

その過程があまりにも愚《おろ》かで、致命《ちめい》的だったことを。

存在するだけで周囲へ影響を及ぼすほどの、聖女ティアラの力を軽んじた結果……聖女の治癒の力を失った帝国は傾き、病の罹患者や、魔物との戦闘《せんとう》での負傷者が増え続ける一方であることを。

彼らは過《あやま》ちを贖《あがな》う機会すら逃《のが》している事実に、まだ気付いてはいなかった。

第二章　王国での日々

エクバルト王国にやってきた翌日。

私はふかふかのベッドの上で一度、大きく伸《の》びをした。

「うーん……よく寝《ね》たぁ……！」

どちらかと言えば、私は枕《まくら》の高さや硬《かた》さが変わっても熟睡《じゅくすい》できるタイプだ。

どんな寝床《ねどこ》であれ、かつての寝床だった寒村の隅《すみ》の木材よりは幾分《いくぶん》マシだから。

それにエクバルト王国は帝国《ていこく》よりも気候が暖かで、お陰《かげ》で昨夜も穏《おだ》やかに眠《ねむ》れた。

カーテンを開いて窓を開け放てば、部屋の中いっぱいに朝日とそよ風が飛び込《こ》んできた。

王都の街並みの向こうに朝日で輝《かがや》く海が見え、どこからか響《ひび》く鐘《かね》の音と、冷たく爽《さわ》やかな朝の外気に包まれる。

「今日もいい天気になりそうね……あっ！」

外を眺《なが》めていると、ちょうど城から竜騎士《りゅうきし》たちが三騎飛び立つのが見えた。

朝の蒼穹《そうきゅう》へ向かう彼《かれ》らに手を振《ふ》ると、先頭を行く竜騎士が手を振って応《こた》えてくれた。

「……よし。着替《きが》えようかな」

今日の私の服装はアレックスと昨晩相談した結果「民衆に溶《と》け込みやすい普段着《ふだんぎ》」ということに

なっている。

アレックスも同じく普段着で、お忍《しの》びで各所へ行こうという話になっていた。

私は部屋の近くに出ている客人用の水道——帝国と同様、魔力《まりょく》で管に圧力をかけるタイプの上水道らしい——を利用して朝の準備を整えていく。

顔を洗うと、残っていた眠気が流されていくようだった。

さらに準備してもらった服を着て姿見の前に立てば……うん。

「これでもう、誰も聖女なんて呼ばないわね」

服装自体は白を基調としたブラウスに白黒チェックのスカートといったものだ。

シンプルなデザインで、着心地《きごこち》もいい。

「……帝国の宮廷《きゅうてい》で着ていた聖女の服装、結構着るのも動くのも大変だったものね……」

「ティアラ様。お仕度の方は問題ございませんでしょうか？　お手伝いすることがございましたら何なりと」

数度のノック後、扉越《とびらご》しに使用人さんの声がした。

昨日お風呂《ふろ》でお世話になり、この部屋にも案内してくれた方だろう。

「大丈夫《だいじょうぶ》です、ちょうど終わりましたから」

「承知いたしました。それではアレックス王子がお待ちですので、参りましょう」

すると扉を開けた使用人さんが、こちらを見てぴたりと動きを止めた。

そのままこちらを見つめている。

「あの、どこかおかしなところでも……？」

異国の服なので着こなしに問題があったかなと思い聞いてみると、使用人さんは首を横に振った。

「い、いえいえ！　とんでもございません。ただ……そうですね。この王国によくあるような、普《ふ》通《つう》の格好《かっこう》をして外出するとお聞きしていたのですが……。僭越《せんえつ》ながら、聖女の気品は隠《かく》し切れるものではないのかなと感じてしまいまして」

「……？　気品ですか？　いえいえ、そんなものないですから」

――貴族の令嬢《れいじょう》や姫君《ひめぎみ》でもないもの。

謙遜《けんそん》して顔の前で手を振ると、使用人さんは「本当でございますよ」と言ってくれた。

――ううん。本当に気品とかないと思うけれど……私、田舎娘《いなかむすめ》なので。昨日も陛下の前では内心かなり焦《あせ》っていたので……。

けれどそこまで思ってから「あっ！」と頭に閃《ひらめ》きが駆《か》け抜《ぬ》けた。

そうか、これは使用人さんの気遣《きづか》いだったのだ。

昨日ガッチガチだった私が今日こそリラックスできるよう、アイスブレイク的な感覚で言ってくれたのだろう。

そもそもドレスでもないシンプルな普段着で気品とか出るわけもないし。

そこまでを一気に理解してから、

「ありがとうございます。堅苦《かたくる》しいのも嫌《きら》いなので、今後もこんな感じでお願いします！」

「え、ええと……はい。承知いたしました……？」

何故《なぜ》だろう、要領を得ないような顔をされてしまった。

……それから私はアレックスの待つ、昨日夕食を食べた部屋へ通された。

「おはようティアラ。よく眠れたか？」

「おはようアレックス。お陰でよく眠れたわ、ありがとうね」

「それはよかった。せっかくのお出かけ日和《びより》だ。お互《たが》い元気にいこう」

いつも通りに明るく言ってくれたアレックスも、昨日の正装と違《ちが》い、私同様にお忍び用の普段着といった格好だ。

船に乗っていた時のように薄手《うすで》の白シャツに、深い青のズボンというこれまたシンプルな服装。けれどアレックス自身、長身で整った顔立ちと元々の素材がよすぎて、王子としての気品が隠し切れていない状態だ。

これでは目立たないなんて、結構難しい相談ではなかろうか。

「……ティアラ、どうかしたのか？　何か変か？」

「うーん。アレックスは学生服でも普通の服でも、やっぱり王子様感が隠し切れていないなーって。もっと地味な服装の方が目立たなかったかもね」

「「それは聖女（様）も同じでは……」」

何故かアレックスと使用人さんが声を被《かぶ》せる。

その末、二人は揃《そろ》って笑い出した。

「よかった。エトナも同じ思いか」

「はい。同感でございます」

今更《いまさら》ながら、私のお世話をしてくれている使用人さんはエトナさんというらしい。

……どうして二人揃って同じ思いだったのかはさておき、ひとまずエトナさんの名前が分かったからよしとしよう。

そんなふうに思った私は、席についてて運ばれてきた朝食を口にした。

「やっぱり王国の食事は味が薄《うす》めで美味《おい》しい……！」

「そうか。気に入ってくれて俺《おれ》も嬉《うれ》しいよ、故郷の味だから」

私たちは軽く話をしてから、再び朝食を口に運んでいく。

……今更だけれど、帝国図書館の近くのお店でアレックスと食事をした時も、こうして城で食事をしている時も、思うことは一緒《いっしょ》だった。

——宮廷だと一人寂《さび》しい食事だったから、やっぱり友達《ともだち》と食べる食事は楽しくていいな。

❀

「ここが修練場だ。騎士たちが主に、木剣《ぼっけん》で手合わせしたりする場所だな」

「かなり広いんだね」

朝食の後、城を案内してくれると言うので、私はアレックスと一緒にあちこちを回っていた。

城内はかなり広かったものの、隅々まで案内されたわけではなく「ここは貴族連中が立ち入るから入るな」「こっちには重要な品が保管されている」など、注意事項《じこう》が主だった。

そうして最後に回ってきたのが、城の外、大きな庭の隣《となり》にある修練場だった。

「広いのは当然だ。たまにここへ竜も降下してくるしな。昨晩、テオが竜を降下させていたのもここだっただろう？」

「言われてみれば確かにね」

　思えばテオが駆けてきたのはこの修練場からだった。

「ちなみに今日は誰《だれ》もいないの？」

「任務中みたいだ。一人でも暇《ひま》そうなのがいたら、久々に俺も打ち合ってみたかったが……」

「えっ、王子様が打ち合っていいの？」

　たとえ木剣でもまずいのでは。

　するとアレックスは「今更だ」と服の袖《そで》を捲《まく》った。

　傷痕《きずあと》は薄いのでさほど痛々しくはないにせよ、アレックスの言いたいことは分かった。

「アレックスもここで剣《けん》の修業《しゅぎょう》をしていたんだね」

「王になれば年に一回剣舞《けんぶ》を披露《ひろう》しなくてはならないからな。第一王子ということでかなり厳しくしごかれたよ。俺が多少怪我《けが》をしても、父上も『私が若い頃《ころ》もそんなものだったさ』と豪胆《ごうたん》に笑い飛ばして終わりだったしな」

「あ、あはは……」

　エクバルト王国の王子は、レリス帝国の王族の方々よりも明らかに厳しく育てられるらしい。

　レリス帝国では王族の方が手足に軽く怪我をした程度でも大騒《おおさわ》ぎで、たとえ深夜でも呼び出されたほどだ。

「城の案内はこんなところにしよう。そろそろ今日の本命に行こうか」

「王都ね。でも……よく考えたら、いいの？　王子が護衛もなしで出歩いても」

「問題ない。そもそも帝国でも、護衛なしで図書館に通っていただろう？」

「それは……」

言われてみればその通りだ。

またレリス帝国の王族との比較《ひかく》になるけれど、向こうの方々は出歩くだけでも屈強《くっきょう》な兵士が護衛に付く。

そのイメージが強くて、アレックスにもああ聞いてしまったのだった。

「それに帯剣もしているしな。何よりいざとなったらこの笛を吹《ふ》けば事足りる」

アレックスは首から衣服の中へと紐《ひも》で下げていた、ネックレスのようなものを取り出した。

紐の先には小さな白い笛が付いている。

これは帝国にいた頃からアレックスが身に着けていた物だと知っている。

でもいつもアレックスの服の中に隠れていたので、首元の紐しか見えていなかったのだ。

……そしてよく見たら、笛にはエクバルト王家の紋章《もんしょう》が刻まれている。

これをもっと早く確認《かくにん》できていたなら、もしかしたらアレックスが王子だと気付いていたかもしれない。

「この笛は竜の爪《つめ》を削《けず》って作られたものだ。伝統的に、エクバルト王家の男は生まれた時、必ずこれを一つ贈《おく》られる。そしてこの笛を吹いた瞬間《しゅんかん》、竜騎士や護《まも》り竜が飛んでくるんだ。だから護衛とかそういう面は大丈夫だ、基本的にはな」

「護り竜……？」

そんなのもいるんだと思えば、アレックスは「ああ」とポンと手を鳴らした。

「そういえば城の外だからって案内を忘れていたな。実は城の裏側には竜舎《りゅうしゃ》っていう竜の寝床があってな。そこにいる……俺の兄弟分みたいなものだ。そのうち紹介《しょうかい》する」

竜が兄弟分というのも不思議な気がするけれど、剣と竜の国であるエクバルト王国では普通なのかもしれない。

「説明で時間も食ったたし、さっさと行こう。俺も王都を散策するのは久しぶりだ。よく行った店も多少は変わっているかもな」

「店って、行きつけの場所があるの？」

「そりゃもちろん。子供の頃、王城での勉学なり剣の修業が厳しすぎた時は、勝手に脱走《だっそう》してその店に行ったもんだ。店主であるあの人にも結構迷惑《めいわく》をかけた。……久々に顔を出すか」

アレックスはそう言い、城を出て王都の大通りを歩き出した。

帝都と同様、こちらも都なだけあって活気がある。

商人が物を売って、それを買おうか悩《なや》む人がいて、子供たちが駆け回って、荷車で一生懸命《いっしょうけんめい》荷物を運ぶ人もいて……。

――私、帝国のこういう光景ってあまり見てこなかったな。

聖女としての仕事が忙《いそが》しすぎて、他のことに構う余裕《よゆう》がなかったのは本当だ。

でもちょっともったいないなかったなぁと、落ち着いた今なら思えた。

「ティアラ、こっちに来てくれ」

「うん。……路地裏に入るの？」

「隠れ家《が》みたいな店なんだ。お陰で子供の頃、城から逃《に》げた先で連れ戻《もど》されずにすんだ」

「そういうことね……」

真面目《まじめ》なアレックスも、昔はやんちゃだったのかもしれない。

アレックスについて行き、迷路のような路地を数度曲がる。

するとあるところで路地が開け、周囲を背の高い建物に囲まれつつも日光が降り注ぐ場所に出た。

古びた外観の建物は小屋のように小さく、周囲の建物に阻《はば》まれて大通りの活気から隔絶《かくぜつ》され、ここだけ静かで王都ではないように思える。

たとえるならば、それは正しく、

「本当に隠れ家みたいなお店だね」

「俺のお気に入りだ、入ろう」

店の前に立っている看板にはリンジー魔道具店と大きく書かれているが、風雨に晒《さら》され、文字が薄く霞《かす》んでいた。

……レリス帝国とエクバルト王国は同じ大陸に位置しているからか、今は両方とも大陸の統一言語を使っている。

二百年ほど前に統一されたそうだが、お陰で私もこうして帝国で文字の読みに困らず助かっていた。

店に入ると、中には所狭《ところせま》しと魔法石や魔道具が置かれている。

さらに魔物の爪や牙《きば》と思《おぼ》しき魔術系の触媒《しょくばい》なども積んであり、手で触《ふ》れたら崩《くず》れてしまいそうだった。

品の数や雑な置き方からして、魔術に深く精通した老人の魔術師が経営しているような、そんな印象を覚えた。

アレックスは狭《せま》い店内を見回してから、

「師匠《ししょう》、アレックスだ。帝国から戻ってきたけど、いるか？」

……途端《とたん》、店の隅で雪崩《なだれ》状態になっていた本の山――恐《おそ》らくは全《すべ》て魔導書――の一角が弾《はじ》け、中からガバッと人が起き上がった。

勢いで埃《ほこり》が舞《ま》い、窓から差す日光で輝く中。

なんと起き上がった人物は、まだ年若い女性だった。

顔立ちは美人だと思うけれど……髪《かみ》はところどころボサッとしており、目の下には薄く隈《くま》ができていて、なんとも不健康そうな気配があった。

けれどアレックスを視界に入れると、女性は青白い顔を明るくした。

「お、おお……なんだ、脱走王子か……！　ハハッ、何年振《ぶ》りだろうね。わざわざ会いに来てくれて嬉しいよ。ただ……」

「……ただ？」

店主と思しき女性は再びバタリと本の山へと倒《たお》れ込んだ。

衝撃《しょうげき》で隣に積んであった魔導書が崩れ、彼女《かのじょ》はまた本の山に埋《う》もれていく。

その後、本の下から弱々しい声が聞こえてくる。

「……頼《たの》む……なんでもいいから食料を……」

グゥと鳴り響く店主のお腹《なか》の音に、アレックスは嘆息《たんそく》していた。

「全く、また食事もとらずに作業をしていたのか……。ティアラ、来たばかりだけど、これから食料を買いに行こう。このままだと師匠が餓死《がし》しかねない」

「いや、その前にあの人を掘《ほ》り出してから行こうよ」

「師匠は前々からあんな感じだし、大丈夫だ」

「そ、そうなんだ……」

……私たちは店主さんを放置して、そのまま食料品を買いに出かけたのだった。

❀

路地を出て大通りにある露店《ろてん》でパンや串焼《くしや》きなどを買い込み、そのまま大急ぎで魔道具店へ戻る。

あの店主さん、まさか本当に餓死していないだろうかと、心配をしながら。

そのまま店に入って、本の山へと私は呼びかけた。

「店主さん、食べ物を買ってきました。ほら、串焼きなんてこんなにほかほかで美味しそうな……」

「ありがたいっ！」

店主さんは再び魔導書を跳《は》ね飛ばしながら起き上がり、私の持っていた食べ物をひったくるように奪《うば》うと、がつがつと食べ始める。

……文字通り、飢《う》えた獣《けもの》のようだった。

「師匠。日持ちしそうな堅《かた》パンも買ってきたから置いておくぞ。……全く、こうやって散らかした魔導書も大切な売り物だろうに。まともに買ったらとんでもない金額だぞ……」

アレックスは苦々しい表情で、床《ゆか》に散乱した魔導書を片付けていく。

王子であるアレックスが「とんでもない金額」と言うくらいなのだ。

……間違《まちが》いなく、あの一冊一冊が驚《おどろ》くほどに高価な品なのだろう。

それから一通り食べ物を胃に収めた店主さんは、いくらか顔色を良くして落ち着いた。

「助かったよ、ありがとう。自己紹介が遅《おく》れたね。私はリンジー。しがない魔術師兼《けん》この魔道具店の店主で、あそこにいる脱走王子に魔術の知識を授《さず》けた師匠さ」

「私はティアラっていいます。その、脱走王子とは……？」

リンジーさんはアレックスを指した。

「聞いているかもだけど、子供の頃はよく城を抜けて店に来ていたからね。だから脱走王子なのさ」

「そ、そのまんまなんですね……」

あはは、と笑って流すと、リンジーさんは私をしげしげと見つめてくる。

「あの、何か……？」

「……いやぁ、さっきから気になっていたもんだから、単刀直入に聞くけどさ。君、あいつの婚約《こんやく》者《しゃ》とかかい？　脱走王子も帝国の学園で随分《ずいぶん》と青春を楽しんだと見える」

「こ、婚約者⁉　い、いやいや、私はその、そういうのじゃなくて……」

あまりにも予想外な方向からの質問に声が裏返りそうになった。

けれどリンジーさんはニヤニヤしている。

私はアレックスのためにも「勘違《かんちが》いです、友達です」と強く訂正《ていせい》した。

……すると。

「あら、フラれたのかいアレックス？」

ニヤニヤしたままのリンジーさんに、アレックスは咳払《せきばら》いを一つした。

「師匠。これ以上その馬鹿《ばか》な話題を持ち出すようなら、買ってきた堅パンを回収して俺たちは帰る」

「おっと、悪かったねぇ。冗談《じょうだん》だ冗談、頼むから怒《おこ》らないでおくれよ。久々にやってきた弟子《でし》と、連れてきた友達の反応が可愛《かわい》くってつい……ね？」

「相変わらずな人だ……」

人を食ったようなリンジーさんの態度に、アレックスは半ば諦《あきら》めたように肩《かた》を落とした。

「片付け終わったぞ師匠。整理整頓《せいとん》を心がけてくれ、来るたびに片付けから始めている気がする」

「悪いね。どうにも私には片付けの才能がないみたいで。これは一生アレックスに整理整頓を頼んで……すまなかった、これも冗談だから私の生命線を持って帰ろうとするなっ⁉」

こめかみに青筋を浮《う》かべ、堅パンを手にして店から出て行こうとしたアレックス。

リンジーさんは恥《はじ》も外聞もなく彼の足にしがみついた。

そんなリンジーさんの様子にアレックスも呆《あき》れたのか、彼は堅パンをテーブルの上に置いた。

「そうやって師匠を脅《おど》して、悪い弟子だよ本当……いたたっ」

「あの、どこか悪いんですか？」

リンジーさんは立ち上がりながら顔を顰《しか》め、自分の腰《こし》に触れた。

「私の仕事は座《すわ》りっぱなしだからか、万年腰痛《ようつう》でね。昔からの悩みさ」

「まだ若いんだし、運動しろって話も来るたびにしているのに。魔術でも治せないのか？」

「無理だね。私は相変わらず治癒《ちゆ》系統の魔術は苦手だから。それに慢性《まんせい》的な体の不調は魔術でさえ根本から治すのは不可能に近い。多少楽にする程度さ……」

リンジーさんは「魔術の限界だね」と自嘲《じちょう》気味に笑った。

「そんなに辛《つら》いなら、目の前にいるティアラに東洋で言う土下座でもして頼み込んだらどうだ？　多分だけど、ティアラなら余裕で完治させられるぞ」

「ほ、本当かい⁉　……半信半疑だけど、私の弟子は出まかせは決して言わない奴《やつ》だ。その、もしよかったら頼まれてくれるかい？　金ならいくらでもあるから……」

「いえいえ！　お金なんていいですよ。それにアレックスの師匠なら治そうって、話を聞きながら思っていましたから」

けれどアレックスは悪い笑《え》みになって食い気味に言った。

「そうだな。師匠の場合は金を取るよりも、恩を売っておいた方がよっぽどいいかもな」

「こ、この脱走王子……！　留学から帰ってきたらより口が達者になっている……！」

「身から出た錆《さび》だし、俺やティアラをからかうからこうなるんだ」

今度はアレックスがリンジーさんを見てクックッと笑う番だった。

なんというか、この師弟《してい》はとても仲がいいのだとこの短い間に分かった。

アレックスの大切な人なら、私もリンジーさんの力になりたいと思う。

「いきます」

私はリンジーさんの腰に触れ、魔力を流して治癒の力を使った。

魔力の流れからして、リンジーさんの腰は黒い淀《よど》みが溜《た》まっているような感覚だった。

私はそれを強い光で押《お》し流すイメージを持って力を使う。

……その後、完全に黒い淀みが流れて消えたのを感じてから手を離《はな》した。

「リンジーさん、終わりました。どうでしたか？」

「ど、どうって……！　腰が軽いのもあるけど、なんだ今の桁外《けたはず》れの魔力量？　魔物の頂点の一角である竜を遥《はる》かに凌《しの》ぐ魔力量……！　加えて魔力が空間に一切《いっさい》拡散しないほどに精密な魔力操作！　アレックス、お前の友人は何者なんだ⁉」

大慌《おおあわ》てするリンジーさんに、アレックスは噴き出しかけていた。

「師匠は口が堅いから明かすけどさ。ティアラ、帝国の聖女様だったんだ。訳あって宮廷を追い出されたからうちの国に来ないかって誘《さそ》ったんだけど……やっぱり凄《すご》いよな？　正直、治癒の力は世界一だと思っているよ」

「帝国の聖女……そうか、この子が噂《うわさ》の聖女様か。それに凄いなんて次元じゃないさ……。治癒以外に魔力量でも世界一を狙《ねら》えるほどだ。こんな人間が実在するとは奇跡《きせき》としか言いようがない……」

リンジーさんの驚き様に、アレックスは何故か得意げだ。

その顔は、前に私にエクバルト王国の第一王子だと明かした時と同じに見える。

……アレックスは意外と、いたずら好きなのかもしれない。

「孤高《ここう》の脱走王子が連れてきた友人となれば只者《ただ》じゃないと思っていたけど、全て納得《なっとく》したよ」

リンジーさんは左右に腰を回して「こんなに快適なのはいつぶりかな」と軽《かろ》やかな足取りで店の奥《おく》へ向かう。

「お礼にお茶でも出すよ。いい感じのやつ」

「……それ、前に俺が土産《みやげ》で持ってきた茶じゃないか。そもそも客人に出す茶がお礼扱《あつか》いなのか、師匠……」

アレックスは半ば呆れているようだ。

リンジーさんは魔術が上手《うま》いのか、特に詠唱《えいしょう》もなく赤の魔法陣《じん》を展開して、その上に小さな手鍋《てなべ》を重ねた。

魔術の設計図である魔法陣を空間へ展開する際、脳内でのイメージを強めるために詠唱を必要とすると前に聞いたけれど、使用者の技量次第《しだい》では無詠唱でも展開可能なようだ。

ちなみに魔術の属性ごとに魔法陣の色は異なり、赤の魔法陣は炎《ほのお》や熱の魔術のものだと記憶《きおく》している。

リンジーさんは手元でお湯を沸《わ》かしながら話を続ける。

「しっかし、脱走王子……アレックスも不思議なもんだね。子供の頃に辿《たど》り着いたのが私のいるこの店で、留学先で仲良くなったのが帝国の聖女様とは。魔術が使えない身なのに、アレックスは不思議と魔導と強く繋《つな》がっているように思えてならない」

「えっ……？」

私は思わずアレックスの方を見た。

そういえば、私はアレックスが魔術を使っているところを見たことがない。

あんなに魔力や魔術といった魔導の話が好きなのに。

私の視線に気付いたアレックスは曖昧《あいまい》な笑みを浮かべた。

「師匠の言う通り、俺は魔術を扱えない。そういう体質なんだ。でも魔導は興味深くて大好きだ。……我が身には決して届かぬからこそ憧《あこが》れることもある、要はそういうことだな」

そう言い、アレックスはリンジーさんに出された茶を一口啜《すす》った。

「魔術を扱えない体質ってどういうこと？　もしかしたら、私の治癒の力で……」

「やめなよ、ティアラ。脱走王子の体質は治せる治せないってものじゃないし、ある意味では天からの授かりものなのさ」

「天からの授かりもの……？」

魔術を扱えない体質が授かりものとは、言い方が適切ではないように思える。

アレックスはこんなに魔術が好きで、留学して帝国の魔導学会に出るほどに頑張《がんば》っていたのに。

私は少しだけむっとしてしまった。

「ティアラ、そう師匠を睨《にら》むな。師匠の言い方がアレなのはいつものことだけど……俺の体質については天からの授かりものって言い方で間違ってないんだ」

「……そうなの？」

「せっかくだから説明するよ。でも、どこから話したらいいもんかな……」

アレックスが悩み始めた時、店の扉が荒々《あらあら》しく叩《たた》かれた。

リンジーさんは「あー、また来たか」と面倒《めんどう》くさそうに頬《ほお》を掻《か》く。

それからリンジーさんが応じるより先に、店の扉は無遠慮《ぶえんりよ》に開かれてしまった。

入ってきたのは、筋骨隆々《きんこつりゆうりゆう》の体躯《たいく》にスキンヘッドの大男だった。

鎧《よろい》を中途半端《ちゆうとはんぱ》に身に着け、威圧《いあつ》感を纏《まと》った、兵士崩れのならず者といった風体。

頬には古傷が入り、厳《いか》めしい顔つきもあって、荒事《あらごと》慣れしていそうな気配を漂《ただよ》わせている。

大男はリンジーさんを睨み、言い放つ。

「おう、元気そうだな魔女さんよ。客人と茶を飲んでいるところ悪いが、そろそろ例の話の返事を聞かせてくれや。ボスも待ってんだわ」

「……例の話？」

アレックスが問うと、大男はニッと口角を吊《つ》り上げた。

「おうとも。気になるなら聞かせてやるが、この土地って昔はうちのボスの家が所有していたんだわ。最近になって土地の権利書が見つかったから、立ち退《の》いてほしくてな。金なら払《はら》うって言っているんだが、そこの魔女は中々聞いてくれなくってなぁ」

「その権利書、手元にあるか？」

「写しでよけりゃあな」

大男は懐《ふところ》から一枚の紙を取り出し、アレックスはそれを受け取った。

一通り目を通して、彼は一言。

「嘘《うそ》だな」

「当たり前だろう。私だってこの土地を買った際の権利書は持っている。でも向こうがこんな態度で困っているんだよね」

リンジーさんもわざとらしくおどける。

大男はこめかみに青筋を浮かべ、声を張り上げた。

「テメェ！　何を根拠《こんきょ》に嘘だと言った！　返答次第じゃ喧嘩《けんか》を売ったものと見なすぞ、若造！」

アレックスは冷静を保ったまま、静かに語り出す。

「喚《わめ》くな。……まず一つ。この権利書は偽物《にせもの》だ。押してあるエクバルト王国の印に擬装《ぎそう》の跡《あと》がある。王国にいた頃、執務《しつむ》で幾度《いくど》となく押した印だ。俺が見間違えるはずもない」

「い、幾度となく押した印だと……？」

大男がたじろいだ瞬間、アレックスは畳《たた》み掛《か》ける。

「次にもう一つ。最近、こういった方法で強引《ごういん》に立ち退きを迫《せま》り、土地を安く巻き上げる輩《やから》がいると報告を受けている。……お前は闇《やみ》ギルド、黒鷲《くろわし》の一員じゃないのか？」

闇ギルド。

地域によってはマフィアや、東洋ではヤクザと呼ばれるような、ならず者の集まりだ。

暴力で他人を脅し、詐欺《さぎ》に恐喝《きょうかつ》、果ては違法《いほう》な魔道具や人の売買まで、裏で行っていると噂されている。

特に黒鷲はレリス帝国でも名前を聞くほど、大きな闇ギルドだった。

「テメェ、そこまで知ってやがるとは……！　一体何者だコラッ！」

大男が背中の大剣の柄《つか》に手をかけた途端、アレックスは目を細めた。

そして聞いたこともないほど低い声で、静かに言った。

「その剣、抜くのか？」

「あ？　だったらどうしたってんだ！」

「もし抜くのなら……命を懸《か》ける覚悟《かくご》をしろ。友人と師匠の手前だ。真剣を抜いた相手にあまり手加減はできないぞ」

「このっ……！　いちいち鼻に付く野郎《やろう》だな、お前はぁッ！」

大男が本当に大剣を抜き去ろうと動き出す。

アレックスは長身な方だけれど、それでも体格では向こうより劣《おと》っている。

肩からバッサリと斬《き》られては流石《さすが》のアレックスもどうしようもない。

私はアレックスを庇《かば》おうと、立ち上がろうとした……刹那《せつな》。

「抜いたな」

アレックスは既《すで》に、剣を抜いた大男の真後ろにいた。

彼の手には、腰に差していたはずの剣が握《にぎ》られている。

「警告はしたぞ」

「がっ……!?」

一瞬遅れて、大男が白目を剝《む》いて仰向《あおむ》けに倒れていく。

……よく見れば大男の胴鎧《どう》は大きく陥没《かんぼつ》し、ひしゃげている。

目にも止まらぬ速さでアレックスが斬った、ということだろうか。

次いでドタン！　と大剣が床に落ちて、大きな凹《くぼ》みができてしまった。

「あーぁ。ボロい店だから剣は抜くなってこのハゲに前も言ったのに。でも助かったよアレックス。血で店を汚《よご》さないよう斬ってくれたんだろ？　剣の冴《さ》え、もしかして前より上がっているかい？」

「鍛錬《たんれん》は欠かしていないから、きっとそうだ」

アレックスはつまらなそうに剣を鞘《さや》に納めようとしたものの、窓の外を見て、目を細めた。

「……ティアラと師匠は中にいてくれ。囲まれている、十人くらいかな。大方、こいつが倒されたのが窓から見えて、大慌てで出てきたんだろう」

そのまま外へ出ようとするアレックスの手を、私は握った。

「待ってアレックス！　囲まれているなら危ないよ。一人じゃだめ、せめてあの笛を吹いて……」

助けを待とうよ、と言いかけると、リンジーさんは優雅《ゆうが》にお茶を飲んで首を横に振った。

……こんな状況《じょうきょう》であるのに、あまりにも余裕そうでびっくりしていると、

「大丈夫だよティアラ。何せそこにいる脱走王子……冗談抜きで王国最強だからさ」

「へっ……？」

「さっきアレックスが話しかけていた、魔術を扱えない体質が天からの授かりものって話。ちょうどいいから私からティアラにしようかね。その間、アレックスには外を任せるから」

アレックスは一つ頷《うなず》き外へ向かおうとしたものの、ふと思い出したようにこちらへ振り返った。

「師匠」

「どうした、脱走王子？」

「ただ倒してもつまらないし、勝負をしよう。俺が奴らを片付けるのが先か、それとも師匠がティアラに説明を終えるのが先か……ってな」

突然《とつぜん》そう言い出したアレックスに、私は驚きで目が点になりそうだった。

——ただ倒してもつまらないって、こんな時に何を言っているの……！

また、リンジーさんといえば。

「全く……その勝負、脱走王子の腕前《うでまえ》だと普通に私が負けそうだから勘弁《かんべん》しておくれ。もしくはゆっくり敵を倒してきておくれよ」

アレックスは「すぐに戻るさ」と言い残し、凄《すさ》まじい勢いで店から飛び出した。

❀

窓の外には暴風が吹き荒《あ》れ、剣や槍《やり》で武装した男たちが次々に吹き飛ばされていく。

……否《いな》。

実際、暴風の正体は剣を振るうアレックスで、その姿と素早《すばや》さは、正に暴風のようだった。

店で倒れている大男と同じくらいの体躯のならず者たちが、抵抗《ていこう》もできずになぎ倒されていく。

しかもアレックスは手加減をしているようで、一人も剣で斬り殺したり、刺《さ》し貫《つらぬ》いたりしていない。

……敵は殺すより生かして捕《つか》まえる方が難しいと聞いたことがあるけれど、アレックスのやっていることはそれよりも数段上の難易度だろう。

剣については素人《しろうと》の私でさえそう確信できるほど、アレックスの剣は凄まじかった。

一振りで敵の剣を叩き割り、直後に突《つ》き出された槍をへし折って、一切の反撃《はんげき》を許さないほどだった。

「よく鍛《きた》えていて、剣技《けんぎ》も練習しているって聞いていたけど。アレックス、あんなに強かったんだ」

「私も初めて知った時は驚いたよ。で、肝心《かんじん》の説明だけどさ。……どうやら脱走王子の馬鹿げた強さの原因は、先祖返りにあるみたいでね」

「先祖返り？」

「そう、先祖返りさ。エクバルト王家の祖は天神より聖剣を賜《たまわ》りし剣士……とは、知っているかい？　持ち前の剣技だけでエクバルト王国の礎《いしずえ》を築き上げたとも」

「はい。王国に来る時、船でアレックスが教えてくれましたから」

「ティアラはその話、真実だと思うかい？　他の国によくあるような、神話の類いだとは思わないかい？」

「それは……」

どうなのだろう。

今までそう問われれば疑ったかもしれないけれど……。

「もしかしたら、真実かもしれませんね。アレックスの強さを見れば、ご先祖様がとっても強くても納得です」

「そうだね。そしてあの話、知り合いの歴史学者曰《いわ》くほぼ真実らしくてね。アレックスの起こした先祖返りというのが正にそれさ。……天はアレックスに魔術の才の一切を授けなかった。でも代わりに、アレックスは神話の中の住人だったエクバルト王家の祖と同等の力を天から授かった。何よりエクバルト王家の祖も、超人的《ちょうじんてき》な肉体と引き換《か》えに、アレックス同様に魔術を扱えなかったと伝え聞いている」

リンジーさんは窓の外を見つめ「いつの間にか黒鷲の増援《ぞうえん》が来ていたっぽいけど、向こうもそろそろ終わりだね」と言った。

振り向けば確かに、倒れている男たちは二十から三十人ほどに増えている。

あの多くが黒鷲側の増援だったのだろう。

しかしアレックスはその中でまだ無傷のまま戦い続けている。

……増援さえ来た端《はし》から倒していったということだろう。

「魔術を扱えない体質が天からの授かりものってのはそういうことさ。多分だけど、アレックスがほんの僅《わず》かでも魔術を扱えたなら、あそこまでの力は得られなかったと思うね。生まれながらにして、魔術の才の全てを天に返上していた……それがアレックスの絶対的な強さと、先祖返りの秘密でもあったのさ」

「それで体質について、ああいう言い方をしていたんですね……」

「終わったぞ、二人とも無事だな。それと勝負は……引き分けってところか」

アレックスは息一つ乱さず、何事もなかったかのように店の中に現れた。

服には返り血の一つさえついていない。

あの人数相手に余裕の圧勝だったのは、最早《もはや》言うまでもなかった。

「相変わらず流石だね、アレックス。あんたには魔術なんて不要だと再認識したよ」

「そう言うなよ師匠。俺はこんな力より、一度でいいから魔術を使ってみたいんだけどな……。輝く魔法陣や神秘的な魔力を、一度でいいからこの身に宿してみたい」

「吐《ぬ》かしな。あんたが子供の頃から脱走を見逃《みのが》され、帝国への留学も許されて、今だって護衛もなしに自由に振《ふ》る舞《ま》えるのはその力のお陰さね。自分の才に感謝しな」

「それを言われると、何も言えなくなってしまうな」

――アレックスに護衛が付いていない理由って。そもそも護衛なんて不要どころか、逆に足手まといってことだったのかも……。

それからアレックスは剣を鞘に納めて、店の中で倒れていた大男を外へ運び出した。

……自分よりよっぽど大きな男を片腕《かたうで》で軽々と持ち上げたあたりから、アレックスの膂力《りょりょく》の凄まじさを感じた。

後はアレックスが倒した男たちを王国の騎士たちに引き渡《わた》して終わりと思いきや、倒れていた男の一人が呻《うめ》きながら立ち上がった。

「そ、そうか……。お前が剣の天才と噂の、王子だったのか。でも……これならどうだぁっ！」

男は懐《ふところ》から小さな魔法石を取り出し、それを砕《くだ》いて周囲を魔力で満たす。

そのまま周囲の魔力を利用する形で、紫《むらさきいろ》色の魔法陣を地面に展開した。

紫《むらさき》の魔法陣は召喚《しょうかん》の属性だ。

魔法陣の幾何学《きかがく》模様が輝き、回り出し、中央から成人男性を優に凌ぐほどの巨躯《きょく》が現れた。

それは魔物と呼ばれる、魔力で凶暴《きょうぼう》化した野生生物だ。

灰色の毛を持った狼男《おおかみおとこ》のようなその魔物は、ハイコボルトと呼ばれる魔物だった。

……私の故郷は辺境の寒村だったから、毎年のようにハイコボルトに襲《おそ》われ、被害《ひがい》が出たのを今でも覚えている。

熊《くま》のような山の主でさえ、ハイコボルトを見た途端に恐れをなして逃げ出すほどだった。

「くっ、ハハハッ！　いくら強くても所詮《しょせん》は人間！　魔物相手にはどうしようもあるまい！　……死ね！　王子！」

『ウォォォォォォォォォン！』

男が手を振り下ろすと、それに合わせて召喚したハイコボルトが咆哮《ほうこう》を上げ、アレックスへと駆ける。

短剣のように鋭《するど》い爪を振り上げたハイコボルト。

店の窓からその姿を見ていたリンジーさんは、ため息をついた。

「魔物程度がどうした、間抜《まぬ》けな奴め。アレックスの噂を知りながら、あいつが裏で何て呼ばれているのか知らないのかい」

「裏……？」

「そうさ。あれだけの強さを持った王子なんだ。知る人ぞ知るような二つ名くらいは付いて回るさ」

アレックスは剣の一振りでハイコボルトの攻撃《こうげき》を軽々といなし、あろうことか、回し蹴《げ》りでハイコボルトの巨躯を吹き飛ばしてしまった。

建物の壁《かべ》に叩きつけられ、ハイコボルトが悶《もだ》える。

その隙《すき》にアレックスは笛を取り出し、ピィー！　と吹いた。

蒼穹へその音が響いて数秒後、巨大な影《かげ》が旋風《せんぷう》を巻き起こして降下する。

「エクバルト王国第一王子、アレックス・ルウ・エクバルト。その二つ名は、当代最強の竜騎士さ」

リンジーさんがそう言った途端、アレックスの傍《かたわ》らに漆黒《しっこく》の竜が着地した。

光を呑《の》むような黒の鱗《うろこ》に覆《おお》われた竜は、昨夜や今朝見た竜より数周り大きく、ハイコボルトとは比較にならないほどに鋭い牙と爪、さらに立派な角を生やしている。

竜はアレックスを庇うように立ち、鋭い咆哮を張り上げ、それだけでハイコボルトやそれを召喚した男の戦意を削《そ》いでしまった。

ハイコボルトは丸まって震《ふる》え出し、男に至っては泡《あわ》を吹いて倒れ伏《ふ》した。

「最強の剣士に、最強の黒竜。アレックスとあいつの護り竜が生きている間はこの国は安泰《あんたい》だね」

さっきアレックスの言っていた護り竜とは、あの黒竜だったのだ。

主の呼びかけに応えて現れ、敵を蹴散《けち》らす、守護の竜。

アレックスの強さも含《ふく》めて神話やおとぎ話みたいだと感じていると、アレックスはこちらに手を振ってきた。

そのまま窓を開けるようなジェスチャーをしてきたので、私が窓を開け放つと、

「笛を吹いた以上、この後すぐにテオたちも来るはずだ。倒した奴らの捕縛《ほばく》についてはあいつらと俺の兄弟分……この護り竜に引き継《つ》いで、俺たちは王都回りに戻ろう！」

――だ、第一王子。普段《ふだん》は真面目だけどこういう時はそれでいいの……⁉

ずっこけそうになってしまったけど、アレックス自身、今日の王都散策をよほど楽しみにしていたのだろう。

それに戦いが終わり、いつものアレックスが戻ってきてくれたような気がして、私は嬉しく感じていた。

「分かった。テオさんたちが来たら行こう！」

「……脱走王子も中々だが。襲撃《しゅうげき》の後であいつに合わせられるこの聖女様も、案外大物かもしれないね……」

背後でリンジーさんが何か呟《つぶや》いた気がしたけれど、上空から「王子！　ご無事ですか？」と竜と一緒に飛来してきたテオの声と被《かぶ》ってしまい、よくは聞こえなかった。

❀

飛来してきたテオたち竜騎士に黒鷲の構成員の捕縛を頼み、アレックスと私は人が集まってくる前にその場から退散することにした。

アレックス曰く「ああいうのは表向きには竜騎士が処理したことにすればいい。民《たみ》からの竜騎士への信頼《しんらい》も厚くなるしな」とのことだった。

そんな訳で私たちはリンジーさんのお店から離れ、

「どうだ？　このパン屋、結構美味《うま》くないか？」

「美味しい！　焼きたてのパンってこんなに香《かお》りがよくて美味しいものなんだね……」

昼食をとろうという運びになり、アレックスがおすすめするパン屋に入っていた。

パン屋は大通りから外れた場所にあり、さほど混《こ》んでいるわけでもなく、二階のテラス席で私たちはのんびりしていた。

リンジーさんのお店といい、アレックスは王都の穴場感のあるお店をよく知っていた。

……ちなみにリンジーさんのお店に山ほど食料を買って戻った際、ほぼ全てをその場で食べられてしまったので、私たちはこうしてパン屋に入ることになったのだ。

私たちもあの場で食べようとか思う暇もないほど、リンジーさんは飢えていた。

「このパン屋にも子供の頃、よく来たんだ。……俺を追いかける騎士たちを撒《ま》くためにこのテラス席へ屋根伝いに飛び込んで、店主の爺《じい》さんに見つかって……そうしたらごゆっくりってパンまでくれてな。それが始まりだった」

「へぇ、下にいたお爺さんもアレックスを子供の頃から知っているんだ」

道理でかなりのおまけをしてくれたんだなと、お皿に盛られたパンを見て思う。

「それと屋根伝いにって凄い言葉が聞こえたんだけど。アレックスは子供の頃から身体能力が高かったの？」

「ああ、子供の頃からそうだった。自分で言うのもなんだけど、同年代の子供どころか、当時からその辺の騎士よりも明らかに膂力はあった。だから力に任せて好き勝手に脱走したものだ……。でも師匠の言った通り、今はこの力のお陰で自由にできている。感謝しないとな」

アレックスはそう言った後、黙々《もくもく》とパンを口に運ぶ。

それからふと、ほんの小さな声で、

「……何かこういうの、いいな」

「えっ、何が？」

アレックスはハッとした様子で顔を上げた。

「声に出ていたか？」

「うん、ばっちり」

するとアレックスは顔を赤くした。

「……そうか。今のは……うん。俺はこれまで、こういった話をできる仲間もいなかったからな。話を聞いてもらえてよかったと思ったんだ」

「そうなの？　子供の頃は脱走したりして結構自由にやっていたんでしょ？　街で友達とか、できなかったの？」

「……そうだな」

アレックスはテラス席の真下、路地を駆ける子供たちへと視線を落とす。

その横顔はどこか、子供たちを羨《うらや》ましく思っているようにも見えた。

「……見ただろう？　俺の力。俺は昔から強すぎたんだ。強すぎて、子供の頃は力加減ができなかった。剣の修業だって思い切り木剣を振って、大人の騎士を何人も気絶させてしまった。だから剣術指南役も修業とはいえ、本気を出す他なくなって……こうして俺の手に傷を残すほどだったのさ」

アレックスは薄《う》っすらと残った腕《うで》の傷痕を見せてきた。

鍛錬とはいえ王子に傷痕を残すなんて、とこれまでは違和《いわ》感があったけれど。

要は修業相手のベテラン騎士が手加減できないほどに、アレックスは幼い頃から強すぎたのだ。

「騎士相手でそれだったんだから、同年代の子供相手じゃどうなるか、考えるまでもなかった。貴族たちも子息を俺に近付けないようにしていたし、俺も怪我をさせれば面倒なのは分かっていたから、城でも街でも、俺は基本的に一人だった」

……師匠からは「当代最強の竜騎士」なんて呼ばれて、多くの騎士にも慕《した》われているアレックス。

けれどその実、幼い頃は強さ故《ゆえ》に孤独《こどく》だったなんて。

リンジーさんが「孤高の脱走王子」と呼んでいたことや、陛下やテオがアレックスの友達事情を心配していた真意に、ようやく心の底から納得できた。

「でも、一人ぼっちだったから……アレックスは魔導に夢中になったの？」

「言い方がアレだけど、間違ってない。俺は師匠の店に転がり込んでから、魔導に夢中になった。この世にはこんな不思議で面白《おもしろ》い力があるんだ、これなら暇を持て余すこともないって。それで俺は、他の子供が友達と遊んでいる間も、魔導について色々とやっていた。……そんなだからな。今はとても楽しいよ。ティアラがいてくれてよかった」

アレックスは屈託《くったく》なく笑った。

私はそんな彼の顔を見ることができて、嬉しかった。

さっきの黒鷺の構成員との戦いで、今日の思い出が台無しになったかもと感じていたから。

「私こそ、アレックスがいてくれてよかったよ。でなきゃきっと、まだ帝国でこの先どうしようかって悩んでいたもの」

「ティアラならどうにでもなったさ。……さて、この辺のしんみりした話は終わりにしよう。問題はここから、午後をどう楽しむかだ。行きたい場所はあるか？」

「うーん、特に思いつかないかな。アレックスの行きたい場所でいいよ」

「分かった。なら王国の魔導博物館にでも行くか？　それとも魔導院を見学してみるか？」

「……ん？」

「他には大きな魔道具店に行ってみてもいいな。師匠の店は品揃《しなぞろ》えがいいけど小さいから……」

「いや、待って待って」

私が待ったをかけると、アレックスはきょとんとした。

……何かおかしなことでも？　と言いたげにしている。

「アレックスの行きたい場所でいいよって言ったけどさ……魔導系以外は？」

「そうなると王立図書館くらいかな。王国に来ないか？　って誘った時に言った場所だ」

アレックスは「蔵書量も結構あるから楽しいぞ」とにこやかだ。

……どうしよう。

もしかしなくても、このままでは午後は王都観光ではなく、魔導系の名所巡《めぐ》りになってしまうかもしれない。

――というかアレックスの友人事情！　やっぱり力が原因ってよりも、アレックスがあまりに魔導が好きすぎて、付いていける友達がそもそもいなかったからなんじゃ……？

一瞬そんなふうに思ったけれど、アレックスのためにもこれ以上探《さぐ》るのはやめることにした。

❀

「か、帰ってきた……。疲《つか》れちゃったぁ」

私は王城の自室のベッドに、ぼふん！　と倒れ込んだ。

窓から見える王都の景色は、既に夜の闇に沈《しず》みつつあった。

これまでずっと宮廷に籠《こ》もっていたせいで、一日中出歩くと少し疲れてしまうのだ。

……運動不足かもしれないので、これからはもっと出歩こうと密《ひそ》かに決めた。

そして肝心の王都巡りは結局、私が「王都の観光名所ってどこ？」とアレックスに聞いたことにより、魔導系の名所と観光名所が半々という結果になった。

とはいえ王立図書館にも行けて、アレックスのお陰で今後の入館許可も得られたので満足だった。

――でもアレックスの魔導好きは想像以上だったなぁ。魔導博物館に入った瞬間、目が子供みたいに輝いていたもん……。

我《わ》が身には決して届かぬからこそ憧れることもある、要はそういうことだな……と、アレックスは魔術を扱えない件についてそんなふうに言っていた。

実際、憧れすぎでこっちの方がびっくりだった。

……そうやって横になりつつ一日のことを思い出していると、睡魔《すいま》が襲ってきた。

「あ、まずい……。お風呂も夕食もまだなのに……」

眠るな、眠るな私。

せめて寝間着《ねまき》に着替えてから……とか寝ぼけた頭で考えていると、部屋の扉がノックされた。

「エトナさんかな……？　少し待ってください」

私はぐいっと伸びをして眠気《ねむけ》を吹き飛ばし、扉を開けた。

するとそこには……。

「あら、あなたがティアラさんね。こんばんは」

……とんでもない美貌《びぼう》の女の人が立っていた。

黄金を溶かして流したかのように輝く髪。

きめ細やかな白い肌《はだ》に、瞳《ひとみ》は宝石のように澄《す》んだ神秘的な紫色。

艶《つや》やかな唇《くちびる》に、顔立ちは細く整っている。

本人の美貌もあって、美しさからの色香《いろか》さえ、上品と感じた。

「こ、こんばんは……」

――えっ……誰？

間違いなく王族か貴族の方だと思うけれど、誰なのか全然分からない。

それに帝国の宮廷で王族や貴族の方から受けた嫌《いや》がらせの記憶が頭をよぎって、自然と体が強張《こわば》った。

……でもここは帝国ではなく王国。

場所が違えば人も違うし、私はもう帝国の聖女ではないと、気持ちを改めた。

すると、女の人はくすりと笑った。

「あらあら、そんなに警戒《けいかい》しないでほしいわね。別に嫌味《いやみ》を言いに来たのではないの。もしよければ中に入れてくれないかしら？」

「ええ、大丈夫です」

私が不在だった間にエトナさんが片付けてくれたのだろう、幸い部屋の中は綺麗《きれい》な状態だ。

部屋の中にある椅子《いす》に、女の人と卓《たく》を挟《はさ》んで向かい合う形で座った。

「……その、不躾《ぶしつけ》な聞き方で恐縮《きようしゆく》ですが、あなたは？」

「あら、ごめんなさい。まだ名乗っていなかったわね。私はソフィア。ソフィア・エクバルトよ。アレックスの姉です」

「ア、アレックスのお姉様……⁉」

――アレックスってお姉さんいたんだ……。というか兄弟分の護り竜を紹介する前に、実のお姉さんを紹介してよ！

後でアレックスには小言を言おうと決めた。

「すみません、ご挨拶《あいさつ》が遅れて。アレックスにお姉様がいたとは……」

「いいのよ。その様子だと知らなかったようだし。それに剣と魔導にしか興味のない弟だもの、きっと姉の紹介も全然していなかったのでしょう？」

「ええと……はい。教えていただいたのは、お父様である陛下と、兄弟分らしい黒竜だけです」

「……そう。まさか竜の方が先に紹介されるとは思っていなかったわね……」

これにはソフィア様も思うところがあったのか、残念そうにしている。

「まあいいわ。いつものことだもの。それより私、気になって我慢《がまん》できずに来てしまったのだけれど……」

ソフィア様は立ち上がって、卓越しにぐいっと美しい顔を近付けてきた。

「ティアラさんは、弟のどこを気に入ったのかしら？　外見？　力？　それとも……魔導好きなところ？　帝国ではどうやって出会ったの？」

「え、ええと……お答えしますが、何故そんなことを……？」

ソフィア様は一瞬だけきょとんとしてから、

「だって、弟が帝国から女性を連れ帰ってきて親しくしているんだもの。つまりは将来の相手ってことでしょう？　でなきゃ普通、連れてこないもの。あの弟にこんな素敵《すてき》な相手ができたなんて、馴《な》れ初《そ》めが気になって仕方なかったのよ」

「……」

ソフィア様の期待を前に、私は思わず項垂《うなだ》れて肩を落とした。

そして心の中で絶叫《ぜっきょう》する。

──ア、アレックスーッ！　私と王都を巡るよりも先に！　諸々《もろもろ》の説明を家族にする方が先でしょうっ！

「……あらっ、どうかしたのかしら？」

興味津々《きょうみしんしん》といった面持《おもも》ちのソフィア様に、私はどこか申し訳なく思いつつ言った。

「す、すみません……私とアレックスはただの友達なんです……。よく考えたら王子様が女の子を連れて国に帰ってきたら、それは婚約者を連れ帰ってきたように見えますよね……。でも違うんです、全然違うんです……」

別に裏切ったわけじゃないんだけれど、期待を裏切ってすみませんというか。

それに私が帰ってきたタイミングでソフィア様が訪ねてきたということは、ソフィア様も今日、私とアレックスが王都を回っていたと知っているに違いない。

そうなれば、ソフィア様はデートとかそういうものをイメージしていたのかもしれないし、冷静に考えればそう思った方が自然かもしれない。

……実際にはアレックスの魔導好きに半分くらい付き合っていたようなものだけれど。

するとソフィア様も諸々を理解したのか、笑顔が徐々《じょじょ》に怖《こわ》くなっていった。

「なるほどなるほど……ごめんなさいね。あの魔導好きな弟にちょーっと話してくるわね？ ……これは私以外にも各所の誤解を解いておかないと。後々、ティアラさんも大変になっちゃうところだったわ……」

ソフィア様はそのままスッと退室していった。

とても綺麗な方だったけれど、歩き方まで綺麗だった。

……そうして、ほんの少しだけ後。

「いた、アレックスッ！」

「あ、姉上⁉ そんなに怒ってどうしたんだ？」

「どうしたんだも何もないでしょう！ 遊びに行く前に、ティアラさんについてまず皆《みんな》に直接説明しなさい！ 大方、あなたはお父様にしか話していなかったのでしょう！ 城の中は、あなたが帝国の聖女様を婚約者として連れ帰り、今日も城内と王都でデートをしていたって噂で持ち切りよ！」

「んなっ……なんだと？」

「私も勘違いしてティアラさんに変な挨拶しちゃったじゃないっ！　……全く、女っ気のないあなたもようやく素敵な相手を見つけたと思ったら……！　……この際だからもう噂通りにティアラさんとくっ付きなさいっ！」

「姉上、悪かったから落ち着いてくれ？」

……声が大きいので、下の階にいるソフィア様とアレックスの会話がこちらまで聞こえてきた。

「私も気付いていなかったけど、アレックスも気付いていなかったのね……」

冷静に考えればやっぱりデートみたいだったのかなぁと思いつつ「でも楽しかったからいいかな……」と、増してきた眠気に襲われたのもあり、私は考えるのをやめてしまった。

❁

「……さて、アレックス。昨晩にソフィア様が部屋に来た件なんだけど……」

翌日、一緒に朝食を食べていた時。

私が話を切り出すと、アレックスは思いっきり項垂れた。

「悪かったから勘弁してくれ……。昨日も姉上にあれこれ文句を言われたんだ……」

そんな彼の様子が面白くて、私はくすりと笑ってしまった。

「……そんなにおかしいか？」

「だって。当代最強の竜騎士で、帝国の魔導学会に出るほど頭がいいのに。変なところで抜けているなって思っちゃって」

「悪かったな。……言い訳をすると、実は父上が皆に説明してくれるものと思っていたんだ。これまでも重要な話は大体、王である父上の口から皆へ伝わっていったからな。……でもまさか、俺と会った後ですぐに所用で遠出していたとは。俺も姉上に言われてから気が付いた」

なるほど、アレックスも一応は彼なりに考えていたらしい。

確かにクリフォード陛下の人柄《ひとがら》なら、ソフィア様たちにも諸々の事情を話してくださったはずだ。

……ずっと城内にいたならば。

「ともかく、家族の紹介が遅れたのは悪かった。この城に住む以上、護り竜より先に話しておくべきだったな」

そんな訳で、アレックスが諸々の説明をしてくれた結果。

現国王のクリフォード陛下に、アレックスのお姉様であるソフィア様、さらに弟のコリン第二王子がアレックスの家族であると分かった。

コリン第二王子は現在、この王国の王立騎士学園に通っているようで、寮《りょう》暮らしなので城内にはいないそうだ。

そしてお母様についてはアレックスが幼い頃、コリン第二王子を産んだ後、早逝《そうせい》されてしまったとのことだった。

「……ざっとこんなところだな。最後に俺の護り竜、デミスだな。せっかくだし今日は竜舎に行かないか？　昨日案内しそびれたし、デミスにならすぐ会えるぞ」

アレックスが兄弟分と言い張る黒竜デミス。

昨日はリンジーさんのお店からちらっと見ただけだったので、近くでじっくり見てみたいという思いもある。

何より竜舎とはどんな場所なのか、興味もあった。

「分かった、今日は竜舎に行こう」

「……竜舎ならデートとか噂される心配もないだろうしな」

「それはそうだよ」

……こうやって二人で食事をするのも、冷静に考えれば変な勘違いをされそうだなーと思ったものの、一人で食べるよりずっとましなのでそこについては触れないことにした。

それからアレックスと一緒に城の裏側へ回ると、煉瓦《れんが》造りの巨大な建物が見えてきた。

出入り口の上部にはエクバルト王家の紋章が刻まれている。

さらに騎士たちが見張るようにして、出入り口を守っている。

騎士たちはアレックスに気付くと背筋を伸ばした。

「これはアレックス王子！　本日はどのような御用《ごよう》向きでございましょうか」

「俺の友人、ティアラにデミスを会わせたい。あいつは俺の兄弟分だからな、構わないか？」

「もちろんでございます。こちらへどうぞ」

騎士に案内されて中に入ると、竜舎内には左右に檻《おり》が並び、竜たちが入っていた。

竜の大きさは小屋ほどあるけれど、そんな竜たちが無理なく入れる大きさの檻だ。

丸まっている竜、食事をしている竜、尾《お》を左右に振ってこちらを見ている竜など、それぞれの竜が思い思いに過ごしていた。

竜舎上部の窓は開け放たれ、換気《かんき》は悪くない。

それに馬のような獣特有の臭《にお》いも、何故かほとんど感じなかった。

「アレックス、竜って意外と臭《くさ》くないの？　獣の臭いがしないけど」

「お、おいおい。いきなり凄いこと聞いてくるな……と思ったが、竜に親しみのないティアラにとっては当然の疑問か」

アレックスは竜たちを眺めた。

「竜はエクバルト王国にとっての鉾《ほこ》であり盾《たて》だ。竜師と呼ばれる竜飼いや担当する竜騎士により大切に扱われ、歯や体も日々、清潔に保たれている。それに竜は頭がいいから、排泄《はいせつ》も外の決まった場所で済ませる。竜舎が臭わないのはそういう理由だ」

「なるほど……。つまり竜って犬みたいにお利口さんなんだね」

アレックスはそれから竜舎の最奥《さいおう》、大扉で隔《へだ》てられた区画へ向かう。

騎士たちに大扉を開いてもらってそこに入れば、先ほどいた空間と同じくらいに広々とした部屋に出た。

そこにはたった一体の黒竜しかいなかった。

黒竜はアレックスに気付くと『ウルルル』と喉《のど》を鳴らして歩んできた。

「おはようデミス。昨日はありがとう、助かったぞ」

『オオン……』

アレックスが顎《あご》や喉を撫《な》でると、デミスは気持ちよさそうに目を瞑《つむ》った。

「デミス、紹介する。こちらは俺の友人のティアラだ。いざとなったらこの子も頼むぞ」

「よろしくね、デミス……うわっ」

デミスがいきなりこちらに鼻先を近付けてきたので、ちょっとだけ驚いてしまった。

けれど噛《か》むのでもなく、スンスンと私の匂《にお》いを嗅《か》いでいるだけだった。

「早速《さっそく》匂いを覚えようとしてくれているな。デミスは俺の言葉を大抵《たいてい》は理解できるから、いざって時にティアラの匂いを辿れるよう、覚えてくれているんだ」

「竜ってそんなに頭がいいんだ……」

竜は思っていた以上に理知的な生き物なのかもしれない。

これまでのイメージは正直、大きなトカゲだった。他の竜ものんびりしている様は大型犬のようだったし、結構可愛い……かはさておき、慣れれば仲良くできそうだった。

「アレックスが兄弟分って言うだけのことはあるね」

「ああ。デミスは特別だ。……って言うのも、俺は赤ん坊《ぼう》の頃、ハイハイで城から脱走したことがあるらしい」

……アレックスの脱走癖《ぐせ》って、赤ちゃんの頃からだったんだ。

今の落ち着いたアレックスからはあまり想像できない。

「それで乳母《うば》や騎士たちが大慌てで俺を探したようでな。それで俺は、ここで見つかったんだ」

「えっ……竜舎の中で？」

いくら王国の竜が大人しいといっても、赤ん坊が竜舎の中に入るのは危険すぎではないだろうか。

「びっくりだろう？　俺も記憶はないながら、聞いた時は驚いた。当時ここには父上の護り竜が住んでいたんだ。その護り竜は雌《めす》で卵を温めていたらしい。……そして俺は、卵と一緒に父上の護り竜に温められて熟睡していたそうだ」

アレックスは「乳母たちは思わず悲鳴を上げそうになったそうだが」と小さく笑った。

確かに面倒を見ている王子が竜に温められていたら、潰《つぶ》されないかと心配で仕方がないだろう。

「……ちなみにだけど、もしかしてその卵っていうのが」

「おっ、勘《かん》がいいな。そうとも、ここにいるデミスが入っていた卵だ。……俺を助け出そうと騎士がこの部屋に入った瞬間、デミスは孵《かえ》ったそうだ。だからお互い、俺たちは同じ寝床でぐっすり眠った仲で、赤ん坊の頃からの付き合いなのさ。なあ、デミス」

『ウルルルル……』

デミスは嬉しそうにアレックスの胸に鼻先をこすり付けていた。

……しかしその時、ふとデミスが頭を高く持ち上げた。

その直後、大扉の向こうが騒がしくなる。

「デミスが何かに気付いたようだな。ティアラ、来てくれるか？」

「うん。分かった」

私はアレックスに続き、デミスの部屋から外に出る。

すると開け放たれた竜舎の出入り口で、一体の竜が横たわっていた。

息が荒《あら》く、体が小刻みに上下している。

その傍らには、腕を押さえながら竜をいたわる、騎士の姿があった。

「どうした、何があった？」

アレックスが問うと、騎士は彼へと伏せた。

「申し訳ございません！　私が竜を上手く導けず、このような……」

「こいつはさっきまで偵察《ていさつ》に出ていたんです。でも渓谷《けいこく》の中で見つけた魔物を追ううち、狭い場所に入り込んだらしく、竜が体を岩肌《いわはだ》にぶつけてしまったようで……」

「この分では酷《ひど》く骨折しているかと。先ほどここに辿り着いた途端、こうして倒れてしまいました」

他の騎士たちの説明に、アレックスは顔を顰めた。

「どうしてこんな状態で竜を飛ばせた。渓谷から出た時点で休ませるべきだっただろう」

「申し訳ございません……しかしこいつは私の制止も聞かず、一直線に……」

「竜が乗り手を気遣ったのか。なまじ頭のいい竜だと稀《まれ》にこういうことが起こるからな……。竜師と治癒術師は？」

「すぐに到着《とうちゃく》します。少々お待ちください」

既にこの竜を治すための人員は呼んでいるようだが、竜の様子を見る限り、一刻を争うのではないだろうか。

こうなったら……よし。

「アレックス、私に任せて」

「待てティアラ。それはまずいんじゃないのか」

アレックスはガシッと私の手を掴《つか》む。

昨日、リンジーさんのお店から出て行こうとしたアレックスを、私が止めたのとは逆の構図だ。

「一昨日《おととい》は孤児院《こじいん》、昨日は師匠の店。それぞれ力を使っている。あれはティアラへ跳ね返る反動がかなり大きい力なんだろう？　無理は禁物だ」

アレックスは私を気遣ってくれた。

帝国の宮廷ではどんなに働いても心配されなかったから、彼の言葉がとても嬉しい。

でも、だからこそ。

「私もアレックスの力になりたいから。それに治したのは一昨日に二人、昨日はたった一人だもの。お城のベッドがふかふかだったお陰で一晩寝たら疲労《ひろう》感なんて残らなかったわ。何より……」

「……？　何より、なんだ？」

「たとえ竜でも一体は一体だもの。きっと人と大して変わらないわ」

「……どういうことだ？」

アレックスは珍《めずら》しく素《す》っ頓狂《とんきょう》に驚いていた。

けれどおかしなことを言ったつもりはない。

「だから、一体は一体だよ。複数体じゃないから、集中力を分散させなくてもいいでしょ？　人間を一人治すのと多分、大差ないから」

「ま、待て待て。人間と竜だと質量が全然違うだろう。すると必要になる魔力の量だって……」

「それっ！」

私は倒れた竜に手を当て、治癒の力を行使する。

……うん、やっぱり使う魔力的には、人間と大差ない気がする。

それに体の損傷は骨折だ。

骨の各所で黒い靄《もや》が渦巻《うずま》いている。

これは骨折している時の感覚だ。

私はそれらを魔力で繋ぐイメージを持って力を使っていき、最後には内臓の方にも治癒の力を巡らせていく。

……その結果、最終的には竜から黒い靄が綺麗に晴れ、消え去っていた。

「よし、これでいいかな」

『ウルル、ウルルルル……』

倒れていた竜は起き上がり、自分の体を眺めると、ちょんと私に鼻先を近付けてきた。

多分『ありがとう』と言っているのだろう。

「元気になってよかった」

すると騎士たちから「おおおおおおおおっ！」と歓声《かんせい》が上がった。

「よかった、本当に治った！」

「この竜、新米の頃から世話していたからどうなるかと心配で心配で……！」

「も、もう二度と大怪我させないからな……！」

よほど心配だったようで、竜騎士は涙《なみだ》ぐんでいた。

……一方の私は、やっぱりそれなりの疲労感に襲われていた。

治癒の力を使った後はいつもこうなってしまうので、仕方がないけれど。

「ティアラ、大丈夫なのか？」

「うん、平気」

「……本当にか？　魔力不足で体調をおかしくしていないか？」

覗《のぞ》き込んでくるようなアレックスに、私は微笑《ほほえ》んでみせた。

「本当だよ。それに魔力不足って感じでもないから大丈夫」

「……」

するとアレックスは考え込んでから「そうか」と呟く。

「ティアラが力を使うと疲労する原因、それは魔力を大量に消費するからだと思っていた。でも違う。恐らく、力を使うこと自体に絶大な集中力や精神力などを割《さ》くからなのかもしれない」

「……どういうこと?」

「要するにだ。人間相手に使う魔力が一、竜なら十としよう。でも莫大《ばくだい》な、それこそ十万くらいの魔力を持ったティアラからすれば、一も十も魔力の消費量的には大差ないってことだ。俺もあり得ないように感じるが、最早そうとしか考えられない。……知れば知るほど、ティアラの力は底なしの規格外だな……。その魔力、僅かでいいから分けてほしいくらいだ」

魔術を使えないアレックスは、大真面目にそんなことを言い出した。

……というか、今更だけど。

「アレックスって魔術は使えないけど魔力は感じるんだね」

「魔力を感じられなければ魔道具さえ使えない。……俺の体は魔術の才を捨てた代わりに、筋力以外にもあらゆる能力が常人を超《こ》えている。俺は魔力について、視覚以外に嗅覚《きゅうかく》や聴覚《ちょうかく》でも感じることができるんだ」

「つまりアレックス、目と鼻と耳がとってもいいってこと?」

「その解釈《かいしゃく》で相違《そうい》ない」

——あれっ。でも魔術や治癒の力に変換《へんかん》する前の純粋《じゅんすい》な魔力って、肌や心で感じるものじゃ……?

それが魔力についての常識だし、視覚と嗅覚と聴覚ではっきりと魔力を感知できる人間なんて聞いたことがない。

アレックスも私を見てびっくりしているけれど、私もアレックスには驚かされてばかりだった。

❀

午後の昼下がり、エトナさんたちが持ってきてくれた昼食をアレックスや騎士の方々といただいた後。

ふとアレックスが空を見上げてこんなことを言い始めた。

「今日も天気がいい。せっかくだし、デミスと久しぶりに空を飛ぶのもいいかもしれない」

「アレックス王子、デミスに乗られるのですか？」

「よいお考えかと。アレックス王子の留学中、デミスも不満げにしていましたから。一緒に飛んでやれば喜ぶかと」

「しかしただ飛ぶのもつまらないな。せっかくなら飛竜競《ひりゅうけい》がしたい。誰か相手になってくれないか？」

アレックスに問われた途端、竜騎士たちが一瞬だけ固まる。

「ひ、飛竜競ですか……？」

「アレックス王子。お言葉ですが、まだ王国にお戻りになってから、ほぼデミスに乗ってないでしょう。飛竜競は少々危険ではありませんか？」

「むっ、そうか？　別に腕は鈍《にぶ》っている気はしないが……」

　騎士たちは揃ってアレックスを止めにかかった。

「あの、飛竜競ってなんですか？」

「竜騎士が竜に跨《また》がり飛翔《ひしょう》し、渓谷などで競争をする競技です。竜の力も重要ですが、竜騎士が風を読み、竜を導く技術も問われるものなのです。ただ……竜を少々荒く飛ばして競《きそ》い合うもので、毎年負傷者が出ていまして」

　私の疑問には、その場にいたテオが答えてくれた。

「ああ、それで皆さん揃ってアレックスを止めているんですね……」

　竜から落ちても、他の竜の不注意で接触《せっしょく》しても、大怪我《まぬが》は免れないだろう。

　当たりどころが悪ければ死んでしまう。

　王子を守る騎士としては止めたい気持ちが大きいのだろう。

「……仕方がない。今回は飛竜競を諦めよう。ここまで心配されては強行する方が野暮《やぼ》だし、飛竜競自体、エクバルト王国に伝わる重要な競技だ。そのうち嫌でもやるだろうしな」

「王子が冷静なお方で助かります」

　テオはそう言うものの、アレックスはどこか残念そうではあった。

　それは他の騎士も思っていたようで、騎士の一人が「あっ」と続ける。

「それでは王子、ティアラ様を乗せて共に飛ぶのはいかがでしょう。ティアラ様も竜に乗った経験はないのでしょう？　ならば上空から王都をお見せするというのも素敵かと存じます」

「悪くない。……よし。ティアラさえよければ飛ぼうと思うけど、どうだ？」

「もちろん行くよ。アレックスが連れて行ってくれるなら」

当然私は竜に乗った経験どころか、空を飛んだ経験すらない。

船の旅も楽しかったけど、竜に乗って空を飛ぶのはどんな感覚だろう。

それに私がアレックスと一緒に飛べば、騎士たちもこれ以上は気を遣《つか》わなくて済むだろうし。

皆にとってもいいこと尽《ず》くめだ。

「なら空に出よう。俺はデミスに鞍《くら》を付けてくる。ティアラも騎士たちに従って準備を進めてくれ」

「分かった！　……って、準備？」

アレックスはデミスを迎《むか》えに、さっさと竜舎の中へ入って行ってしまった。

準備ってなんだろう。

ただ竜に乗ればいいだけじゃないいんだ。

するとテオが「こちらを」と竜舎内の一室——恐らくは騎士たちの詰《つ》め所——から、モフモフの何かを持ってきた。

手に取って広げれば、それは外套《がいとう》であると分かった。

「これ、雪山とかで使うものでは……？」

「慣れている王子や我々には不要な品ですが、慣れていない方が竜に乗る時には防寒対策は必須《ひっす》です。飛んでいる間は風も吹きつけてきますし、かなり冷えます。それと帽子《ぼうし》に手袋《てぶくろ》、ゴーグルに……息苦しくなったらこちらのマスクを着けてください。はめ込まれている魔法石の力で、息を楽にしてくれます」

テオから諸々の説明を受け、私は服の上から外套などを着込《きこ》むことになった。

……そしてアレックスがデミスに鞍を付けて戻ってきた時、くすりと笑われる羽目になった。

「もこもこで白うさぎみたいだな」

「むぅ、暑いし身動きが取りづらい……」

「そうむくれるな。見習いの竜騎士はさらにその上に大きめの鎧を着こんで竜乗りを学ぶんだ。それと比べたらマシだと思って我慢してくれ」

私がイメージしていた竜乗りは、馬のようにそのまま乗って手綱《たづな》を握るようなものだった。でも実際には諸々の安全対策や防寒対策がなされるようだった。

「アレックスは防寒装備、要《い》らないの？」

「慣れているから大丈夫だ。それに俺の体は……言わなくても分かるな？」

「ああ、なるほどね……」

魔術の才を捨て去った代わりに、アレックスの肉体は凄まじい力を宿している。筋力以外も常人を大幅《おおはば》に超えているようだし、暑さや寒さにも強いのだろう。

それから、伏せたデミスの上にまずアレックスが乗り、私は手を伸ばしてもらい、デミスの背に引き上げてもらった。

そして外套から伸びる命綱《いのちづな》をデミスの鞍に付けた。

ちなみに新米騎士が命綱の取り付けを忘れた場合「振り落とされたら命の保証はないぞ馬鹿者《ばかもの》！」と、とても怒られるらしい。

アレックスでさえ腰のベルトへ命綱を付け、もう一方の端をデミスの鞍に繋いでいた。

「これで準備万端《ばんたん》だな。ティアラ、構わないか？」

「いつでもどうぞ！」

……というか外套が暑いから早く飛んでほしい。

しかしアレックスは背後のこちらへ軽く振り向いてから、

「ティアラ。もっと俺に密着して、腰に両手を回すんだ。そのままだと落ちかねないし、命綱があっても動くデミスの体に当たったら危ない」

「わ、分かった」

――外套越しとはいえ、男の子と密着するのはちょっと緊張《きんちょう》かも……！

こんなにモフモフの外套を着ているのに、アレックスの硬い筋肉……特に腹筋の感触《かんしょく》が伝わってきた。

「……？　ティアラ」

「何？」

「腹筋を揉《も》むな、くすぐったい」

「こっちは必死にしがみついているんだけど？」

揉んでない、揉んでないよ本当に！

……ってテオ！　そこで変な笑みを浮かべない！

「それではお二人とも、楽しんできてくださいね！」

「了解《りょうかい》だ。行くぞティアラ！」

「うんっ！」

アレックスが手綱を取って軽く引くと、デミスは立ち上がって翼《つばさ》を広げる。

……馬に乗ると思っていたより視点が高くて驚くけれど、竜の背はもっと高かった。

よく考えたら、デミスの背丈《せたけ》は小屋ほどもあるから当たり前か。

「デミス！」

『ウオオオオオオオッ！』

軽く咆哮を上げ、デミスは一気に空へと羽ばたいた。

一瞬、体が沈み込むと、一気に空気の壁を背に感じた。

見る見るうちに地上が遠ざかり、竜舎や騎士たちが小さくなっていく。

「凄い！　これが空……！」

私たちは、王城の一番高い部分と同じくらいの高さを飛んでいた。

王城では窓からしか見られなかった景色が、全方向に広がっている。

「もっと上がるぞ、デミスも風に乗りたがっている！」

『オオオオッ！』

デミスが一気に翼を広げ、高度を上げる。

力強い竜の鼓動《こどう》が、翼をはためかせる動きが、鞍越しに微《かす》かに伝わってくる。

ただし……吹き付けてくる風が凄くて、あまり目を開けられない。

私はテオに渡されたゴーグルを装着して、一息ついた。

「今日は風が強いな。ティアラは大丈夫か？」

「ゴーグルを着けたから平気。防寒具を着ていてよかった。……アレックスはよく平気だね」

「俺が本気で動く時も、体感だとこれくらいの風を受けているからな。特段問題ない」

「……つまりアレックスが本気を出せば、竜の飛翔速度と同じくらいで動けると」

本当にどういう体をしているんだろう。

……腹筋がとっても硬いだけある、揉んでないけど。

「それでどうだ？　真上から王都を見下ろした感想は」

「そりゃあもうね……最っ高！　凄い解放感！　空の中から見た世界はこんな景色なんだね」

「感動してくれたようでよかったよ。乗せた甲斐《かい》があった」

アレックスはそう言って、ゆっくりと円を描《えが》くようにデミスを飛ばしていく。

今頃《いまごろ》王都では「竜が飛んでいる！」と誰かが指を差しているかもしれない。

……そう、私の知らない誰かが王都に、港町に、この国の他にもたくさんいる。

空から景色を眺めて、改めて思った。

「世界って……こんなに広かったんだね」

「だな。俺も飛ぶたびに驚くよ。……世界って広いんだなってさ」

なんでも手に入りそうな、王子様であるアレックスでさえ同じように思うのか。

そう考えれば……これまで宮廷で閉じ籠もって暮らしていたのは、もったいない気がした。

必要な仕事だから、誰かに求められる聖女だからと頑張ってきたけれど……うん。

最初から嫌なものは嫌だって、自由になりたいって言えばよかったのかな。

――そうしたらもっと早く、広い世界を知れたのかもしれない。

でも今はこうして自由にしていられるから、これはこれでよかったのかもしれない。

そうやって取り留めもなく感じながら、私は空からの景色を楽しんでいった。

❀

アレックスやデミスのお陰で空を楽しんだ私は、地面に降りて一息ついていた。

「地に足がつくと落ち着く……。空は綺麗だったけど、地面が遠くてびっくりしちゃった」

「そうか。でもびっくりした程度で済んでよかった。高所が苦手な新米騎士は、先輩《せんぱい》の後ろに座って飛ぶだけでも気絶したりするからな。景色を楽しむ余裕があるなら、ティアラにも竜乗りの才能が一応はあるってことだから」

デミスから鞍を外し、アレックスはそう言った。

竜用の鞍は馬用のものとは比較にならないほど大きく、重たいはずなのに、アレックスはそれを一人で軽々と外してしまった。

「なら今度、私とデミスだけで飛んでみようかな」

「おいおい、俺の兄弟分を取るんじゃない。……しかしデミスも初めて乗せる割に、ティアラを嫌がらなかったな。気が合うのかもしれない」

『ウルル、ルルルル……』

鼻先をアレックスに近付けたデミスは何か言いたそうに喉を震わせた。

「そうか。お前も乗せていて悪くはなかったか。ティアラ、よかったな。デミス的にも合格らしい」

「そ、そっか……」

どういう基準の合格なのか分からないけれど、デミスも機嫌《きげん》がいいなら何よりだ。

「ティアラ様。外套をいただいてもよろしいでしょうか」

「うん。テオもありがとうね。色々と準備してもらっちゃって」

「構いません。アレックス王子の大切な御友人《ごゆうじん》ですから」

分厚い外套を脱《ぬ》ぐと、肌に当たる風が心地《ここち》いい。

飛んでいる時は必須だったけれど、地上にいるとやはり暑く感じてしまう。

他にも手袋やゴーグルなども一緒に渡せば、テオは一礼して詰め所の方に戻っていった。

「俺はデミスを竜舎に戻して、水を飲ませてくる。悪いが待っていてくれ」

「分かった」

私はアレックスを待つ間、木陰《こかげ》に座って風に当たりながら休んだ。

そうしていると、誰かの足音が近付いてきた。

パタパタと駆けているようで、振り返ればそこには。

「兄上！　兄上ーー！」

アレックスを小さくしたような少年が、竜舎に向かって走っていた。

背丈は多分、アレックスのお腹くらいまでしかないのではなかろうか。

髪色《かみいろ》はアレックスと同様の金髪《きんぱつ》で、瞳の色はソフィア様と同じ澄んだ紫色だった。

子供らしく、元気いっぱいだ。

——なにあの子可愛い！　アレックスによく似ているけど、兄上って言っていたし、もしかして……。

「コリンか。学園はどうしたんだ」

竜舎から出てきたアレックスは驚いた様子で少年を迎えた。

コリンと呼ばれた少年は勢いのままアレックスに抱《だ》き着く。

「兄上が帰ってきたと聞いて。課題を昨日のうちに終わらせ、今日は城に帰ってきました！」

「そうか、ご苦労だったな。俺も会えて嬉しい。……そうだ。コリンにも紹介しておかないとな」

アレックスは少年を伴《ともな》ってこちらまで来た。

やはりあの少年がアレックスの弟、コリン第二王子らしい。

コリン王子は子供特有の丸い瞳でこちらを見ている。

「兄上、この方はどなたですか？」

「俺の友人、ティアラだ。これは内密にしてほしいが、帝国で要職についていた人でな。色々あって今は城に住んでいる」

「初めまして、ティアラです」

私が一礼すると、コリン王子も慌てて一礼した。

「初めまして、コリン・エクバルトです。まさか兄上が魔導の書物ではなく、友達を連れてくるなんて……」

そういえばテオも似たようなことを言っていた。

やはりアレックスのイメージは、家族も騎士も「魔導好きで他に興味なし」といったものらしい。

アレックスは「お前もか……」と額を押さえていた。

きっと、テオに似た反応をされたのを思い出しているのだろう。

そして私には、同時に気になったことがあった。

「……あの、コリン王子はルウの名はないのですか？」

思えばソフィア様もルウと名乗らなかった。

するとアレックスが「ああ」と補足してくれた。

「ルウは国王と、次代の王にのみ名乗ることが許される名だ。だから現在は第一王子である俺がルウの名を名乗っている」

「なるほどね……」

だからソフィア様とコリン王子にはルウの名がないのか。

納得していると「あのあの、そんなことより！」とコリン王子が手を挙げた。

「質問です！　ティアラさんは帝国ではどのようなことをされていたのですか？　兄上と知り合ったのなら、魔導に関《かか》わるお仕事を？」

「魔導に関わる……のとは、少し違うけれど、帝国の宮廷で色々とやっていました」

私はあえて曖昧な返事をした。

アレックスがコリン王子に私を紹介した時、元聖女だとはっきり言わなかったのは、まだ幼いコリン王子には教えるべきではないという判断だろう。

子供だから口が堅くないということなのか、他の意図があるのかは分からない。

けれどこの場はアレックスに合わせるべきと、私は感じていた。

「おお、帝国の宮廷で……」

「そういう訳で、ティアラは王国に慣れている最中だ。さっきまで俺やデミスと空を飛んで、王都を空から案内していた」

「えっ……デミスと？　ずるいです兄上！　僕《ぼく》も乗せてくださいっ！」

コリン王子がせがむと、アレックスは困り顔になった。

「すまないがそれは難しい。デミスも満足して、水を飲んで眠ってしまった。他の竜であれば飛べると思うが……」

「嫌ですっ！　僕は兄上やデミスと一緒に飛びたいんですっ！　兄上が帰ってきたら乗せてもらおうと思っていたのに……！」

コリン王子はぷくりと頬を膨《ふく》らませ、アレックスの腕を掴んでこちらを睨んできた。

……これはそう、子供特有の可愛いやきもちだろう。

頬を膨らませた姿もとても可愛らしい。

「兄上！　他にはティアラさんと何をなさったんですか！」

「他は……そうだな。昨日は城や王都を散策して、師匠の店に行って、パン屋に入って……後は博物館なり図書館なりに行った程度か」

「なっ……！　それもずるいですっ！　僕も連れて行ってくださいっ！」

「お、おいおい落ち着け。騎士学園にいるなら、休日にいくらでも行けるだろう」

「兄上と行きたいのですっ！」

コリン王子の剣幕《けんまく》に、アレックスも「参ったな……」と空を見上げた。

そして「む～！」と唸《うな》ったコリン王子は、アレックスの腕を掴んだまま、こちらに一言。

「兄上は僕のですっ！」

――いや、本当に可愛いやきもちすぎる！

……と、和《なご》まされてはいけない。

このままだと初対面なのに、コリン王子との仲に亀裂《きれつ》が入ってしまう。

私はしゃがんで、コリン王子と目線を同じ高さに合わせた。

「大丈夫です。私はお兄さんを取ったりしません。アレックスも、私が王国に来たばかりで勝手が分からないからと気を利《き》かせてくれただけですから。……ね？　アレックス」

視線を向けると、アレックスは「そうだな」と頷いた。

「別段、コリンを軽んじているんじゃない。今度の休日は城に来るといい。デミスにもしっかり乗せてやるし、一緒に王都を回ろう」

「今度の休日って、まだ先ですよ。せめて一緒に王都を回るのは今日がいいです！」

駄々《だだ》をこねるコリン王子。

しかしアレックスは困ったように笑いつつ、

「だがコリン。課題を昨日のうちに終わらせて帰ってきた、というのは嘘だろう」

「なっ、なんでそれを……！」

図星だったようで、コリン王子はびくりと跳《と》び上がった。

アレックスはコリン王子の背後を指差す。

……するとそちらには、大慌てで「コリン王子ー！」と駆けてくる騎士がいた。

「あの騎士は確か、コリンの護衛を任せていた一人だったな。護衛があんなに慌てる時など、守るべき主が脱走した場合くらいなものだ」

流石はアレックス、師匠に脱走王子と呼ばれるだけあり、主が脱走した際の従者の反応についてもよく知っているみたいだ。

「あ、兄上！　匿《かくま》ってください！」

「無理だな、今回は諦めろ。……脱走する時は入念に騎士を撒《ま》け、先達からの助言だ」

アレックスが余計な助言をしているうち、息を切らせた騎士がコリン王子の傍らに到着した。

「これはアレックス王子！　帝国からお戻りになったとお聞きしていましたが、やはりコリン王子もここにいましたね……」

「うむ、連れ戻しご苦労」

「そ、そんな……兄上ーっ！」

コリン王子は裏切られたかのような表情のまま、騎士に連れて行かれてしまう。

けれどアレックスが「今度の休日、約束だからな！」と言うと、コリン王子はぱぁっと表情を明るくして、大きく手を振った。

「コリン王子はアレックスが大好きなんだね」

「コリンは俺と違い、甘《あま》え上手なのさ。可愛いだろう？」

「それはとってもね。アレックスにもああいう時期があったのかなーって思ったよ」

するとアレックスは「さてな」とコリン王子を見送りつつ、どこか懐《なつ》かしそうな表情になった。

「……でも俺はコリンと同じくらいの時には、しょっちゅう師匠の店に通い、力任せに剣の腕を磨《みが》き、相手の騎士を叩きのめしていたものさ。きっとあそこまで可愛くはなかった」

「でもいいんじゃない？　今は落ち着いて、第一王子として振る舞えているんだもの」

「ティアラがそう言ってくれるなら、そうなんだろうな」

アレックスはコリン王子が見えなくなるまで、その場に佇《たたず》んでいた。

❀

レリス帝国内某所《ぼうしょ》に建てられた、輝星《きせい》教会の教会堂にて。

枢機《すうき》卿《きょう》であるバルトは部下から報告を受け、愕然《がくぜん》としていた。

「何……？　帝国各地で、聖職者たちの治癒魔術の効力が薄れているだと？」

「左様でございます。輝星教会の司祭を始めとした、帝国各地の癒《い》やしの魔術を修《おさ》めた者たちの力が、大きく衰《おとろ》えている様子でして……。原因は究明中でございますが、ある日を境に、突然そのような状況に陥《おちい》った模様です」

「それは……大きな問題であるな」

バルトは顔を顰めた。

帝国の聖女ティアラが宮廷を去った現在、最早、輝星教会を邪魔《じゃま》するものはない。

民たちもいずれ、表に顔を出さぬ聖女を忘れ、治癒の魔術や神の導きを求めて輝星教会の下へと戻ってくるだろうと彼は考えていた。

……だが、輝星教会が満足に民を癒やせぬとなれば話は別だ。

民たちの怒《いか》りが、消えた聖女よりも、目の前の輝星教会に向かうのは明白だった。

「くっ……仕方あるまい。エイベル公爵《こうしゃく》に魔石通信で連絡《れんらく》は取れるか？」

「可能ですが、どうされるのですか？」

「聞くところによれば、最近、帝国の宮廷は治癒の魔道具を開発したらしい。流石は魔術大国といったところだが……要はそれを活用したく思ったのだ。エイベル公爵も『手土産《てみやげ》』を用意すると約束すれば、喜んで貸してくれるだろう」

「おお……それは名案かと。早速、魔石通信の準備をいたします」

バルトは部下に諸々の準備をさせ、念話の魔術師の力も借り、エイベルと魔石通信を繋いだ。

バルト側の魔法石が輝き、魔力による空間の繋がりを支えている。

そしてエイベルは自室にいたようで、即座《そくざ》に魔石通信は繋がったのだが……。

「バルト殿《どの》、本日はいかがなされたのですか。申し訳ないが、火急の用件以外であれば後ほどにしていただきたく……」

エイベルの声は重く、どこか震えているようでもあった。

普段聞く、自信に満ちたエイベルの声とはまるで別人だった。

「エイベル様、どうなされたのです。何か問題でも？」

「ええ。それが……私が主導で技師に開発させた、治癒の魔道具についてなのです」

エイベルから飛び出した「治癒の魔道具」という言葉に、バルトは「なんですって？」と焦りを漏《も》らす。

「実は私も、その魔道具についてご連絡差し上げたのです。エイベル様、もしよろしければその魔道具、ぜひ輝星教会にも貸し出してはいただけないでしょうか。当然、お貸しいただく際は、使いの者に相応の『手土産』を持たせます」

……バルトの申し出に対し、エイベルからの返答が数秒ほど途切《とぎ》れた。

この時、魔石通信の向こう側にいるエイベルのただならぬ雰囲気《ふんいき》を、バルトは確かに感じ取っていた。

「それが、その魔道具の力が、試験段階よりも数段落ちている状態でして。全く使い物にならず……」

「なっ……!? 魔術大国と名高き帝国の、手練《てだ》れの技師と知恵《ちえ》を集結させ、完成させた品ではなかったのですか!? 何故そのような不備が……」

頼みの綱《つな》が切れた思いのバルトも声を震わせた。

それでは輝星教会の治癒魔術の不足分を補うことなど不可能ではないかと。

「……分かりませぬ。ある日を境に、突然治癒の魔道具が使い物にならなくなり、宮廷では聖女を出せと日々、兵士や民が殺到《さっとう》しております。……私もまた、開発の責任を問われイザベル姫殿下《ひめでんか》の下へ呼び出されている次第《しだい》なのです」

なるほど。

聖女の追放を唆《そそのか》した上、聖女の代わりにと開発を進めていた魔道具が使い物にならなければ、イザベル姫直々の折檻《せっかん》があってもおかしくはない。

だが、バルトはそれ以上に、エイベルの言葉に引っ掛かりを覚えていた。

何せバルトに報告を上げてきた部下も、同様のことを言っていたのだから。

「ある日を境に……？ エイベル様、それはいつを言っているのですか？ 実は輝星教会の聖職者、治癒魔術の使い手たちも同様に、ある日を境に力が衰えたと言っているのですが」

「なんと……！ ではそんな、まさか……」

狼狽《うろた》えるエイベルに、バルトは「いつ、いつなのですか」と重ねて続けた。

その末、エイベルは重々しく答えた。

「……聖女ティアラが宮廷から去った日です。その数日後には魔道具はさらに、絶望的なほどに機能を低下させました。まるで治癒の魔道具が、聖女を好いていたかのように……」

「そんなことが……」

バルトは手元の資料に視線を落とした。

部下から渡された報告書に記されている、帝都一帯の聖職者たちの治癒魔術の能力低下が始まった日。

それは奇《く》しくも、聖女ティアラが宮廷から去った日と同日だった。

さらにその後、日を追うごとに帝都どころか帝国中の聖職者たちの治癒魔術の能力が衰えている。

……エイベルの治癒の魔道具と全く同じだった。

「まさか……本当に聖女が去ったのが原因だとでも……？」

「それは、分かりませぬ。まさか平民出の下賤《げせん》な聖女に、そんな力が……いいや、そんな……」

エイベルは自分に言い聞かせるように「まさか、まさか」と繰《く》り返す。

「ともかく……私は宮廷へ急ぎますので、本日はこれにて失礼いたします」

魔石通信が切られ、魔法石は輝きを失った。

……あの堂々としていたエイベルからは想像もつかない、焦り弱った声音。

バルトの胸の中に、ゆっくりと、しかし確実に不安が広がっていく。

――私たちは、もしやとんでもないことをしでかしてしまったのではなかろうか。人間も魔道具も、帝国各地で一斉《いっせい》にこのような事態に……。最早、神の怒りに触れてしまったとしか思えぬ。

バルトは書類から視線を外し、窓から空を見上げる。

帝国の空は聖女が去ったその日から、重々しい鉛色《なまりいろ》の雲に覆われていた。

❀

コリン王子が騎士学園へと連れて行かれた後。

アレックスは執務があると言って、城の自室へと戻ってしまった。

テオたちも任務があるようで、竜と一緒にどこかに向かってしまった。

そして私は一人になってしまった……その結果。

「ひ、暇だ……」

手持ち無沙汰《ぶさた》になってしまった。

帝国では聖女としての仕事がほぼ常にあった上、王族や貴族からの嫌がらせも多々あったので、良くも悪くも暇になることはなかった。

それはもう、休日中でさえ翌日やそれ以降の仕事について考えてしまうほどだった。

だからこそやることがない、予定もないといったこの状況は、思いの外、落ち着かないものだった。

……なのでつい先ほど、竜舎に入って「何かお手伝いできることはありますか？」と聞いてしまったのだ。

すると騎士たちが大慌てで集まってきて、

「いえいえ！　とんでもございません！」

「帝国の聖女様に竜舎の雑用をやらせるなど……！」

「竜を救っていただいたのに、雑用までお任せしては、我らが天神から罰《ばつ》を受けてしまいます」

……と追い出されてしまい、自室へ戻り、今に至る。

収穫《しゅうかく》といえば、アレックスに近しい騎士たちは、私が帝国の聖女だったと知っているらしいと分かった程度だ。

アレックスも自分に仕える騎士には、事情をしっかりと語ったのだろう。

けれどそれが分かったところで、私の暇は埋まりはしなかった。

「私……ワーカホリックってやつなのかも……」

呟きながら、妙《みょう》に悲しくなってきた。

まさかここまで仕事に毒されていたなんて……我ながらショックだ。

「……って、いけない。私はもう、帝国の聖女じゃないもの。自由に生きられるんだから。仕事じゃなくて、自分の好きなもので暇を埋めなきゃ」

そうして考えるうち、頭に思い浮かんだのは王立図書館だった。

アレックスのお陰で自由に出入りできるようになっているし、昨日は長居もできなかったのでちょうどいい。

「よし。王立図書館をじっくり回って、気になった本を読もう……！」

そうとも、私の趣味《しゅみ》は読書なんだから。

まだ見ぬ多くの本が私を待っているかと思えば、胸が高鳴るものだ。

それから私は再度竜舎に顔を出し、一応「王立図書館に行ってきます」と伝えておく。

……もし迷子になったり、帰りが遅《おそ》くなった時、アレックスがすぐに分かるように。

王立図書館は城のすぐ近くにあったので、私の足でもさほど時間をかけずに到着できた。

受付さんに入館許可証——昨日、アレックスが渡してくれた——を見せ、そのまま図書館内へ。

中は紙やインクの、図書館特有の匂いがして、ここは帝国と変わらないなと感じる。

それこそ「本の海に戻ってきた」とさえ思ってしまった。

蔵書量は帝国図書館といい勝負に思えるほど多く、書架《しょか》の高い位置に置かれている本は、昇降《しょうこう》用の魔道具によって手にすることができた。

また、これもお国柄《くにがら》故なのか、帝国に比べて騎士や竜、剣についての書物が多い。

それぞれにまつわる、伝承や歴史、小説など様々な種類のものが置かれている。

それらを手に取り、隅っこの席まで持ち運び、目の前に積んでいく。

——エクバルト王国を詳《くわ》しく知りたいなら、まずは伝承についての本から読むべきかな。でもこの国で書かれた小説も読みたいし……あっ。王家の紋章の二本の剣についての作品もある。

「……どれから読もう……」

私はこの、どの本から読もうかなと悩む時間もとても好きだった。

最終的には全て読むつもりだけど、どの本から手をつけようかと悩むのは、とても素敵で贅沢《ぜいたく》な時間だ。

……ただ、私の呟きは近くの誰かにも聞こえたようで、

「おいおい、そんな本を前に何を悩んでいるんだ。もっと別に読むべき本があるんじゃないのか

い？」

そう、誰かに言われてしまった。

同時、ちょっとだけむっとしてしまう。

──人の楽しみについてとやかく言わないでほしいな。

一体誰が言ったんだろう、そう思いつつ振り向くけれど……。

「……あれっ？」

おかしい、誰もいない。

人影《ひとかげ》すらない。

本棚《ほんだな》の陰に隠れていたずらされたかな？　と思ったけれど、そんな気配もなかった。

「幻聴《げんちょう》かな……？　ここ数日ドタバタして疲れちゃったのかな」

「そんなわけあるかい。ちゃんとおいらが話しているだろう。……てか、おいらの声が聞こえているんだな。いやー、こりゃ驚きだ」

「……!?」

やっぱり人影も気配もないのに、声だけ聞こえてきた。

ひとまず、ゆっくりと声のする方へ進んでみる。

……声は本棚の中から聞こえていた。

「えっ……本棚の中に誰かいる……？」

「強《し》いて言うならおいらがいるな。ほら、さっさと手に取れやい」

「う、うん……えっ、魔導書？」

冗談みたいに声を発する何かの正体。

それは古びた一冊の魔導書だった。

相当に昔の魔導書なのか、赤い表紙は黒く擦《こす》れ、そこに描かれた魔法陣も霞んで、どんなものかが判別できない。

しかしその魔導書には確かな意識があるようで、手に取った瞬間、朗《ほが》らかな声が聞こえてきた。

「いやー、よかったよかった。おいらの声が聞こえる人が現れてさ。このままこの図書館でずーっと埃を被ったままだと思っていたから」

「……あなた、何者？　本当に魔導書なの？」

すると魔導書は胸を張った……ような気配で声を出す。

魔導書に胸などないけれど、そんな感覚がしたのだ。

「おう！　おいらは名無しの魔導書さ。おいらの創造主はおいらに名前……もといタイトルすら付けず、この図書館に放置したんだ。いずれ真の所有者が現れるからそれまで待て……とか言ってさ。あれからもう二百年とか経《た》っているけど、結構酷くない？」

「うん……そんなに長く放置されるのは酷いね」

二百年なんて、あまり想像もできない。

それに喋《しゃべ》る魔道具の噂は聞いたことがあるけれど、実際に見たのは初めてだったので、驚きのあまり曖昧な返事になってしまった。

……魔道具は長い時間をかけてその身に魔力を蓄積《ちくせき》すると、魂《たましい》が目覚めて話し出す場合があるそうだ。

また、魔導書は魔術の指南書で、それ自体にお試《ため》しで魔術を起動する仕組みがあったりする。

つまりは魔導書も立派な魔道具の一種なので、二百年も経てばこうして話し出すこともあるのだろう……多分。

そんなふうに考えている間にも、魔道具は饒舌《じょうぜつ》に語り続ける。

「でしょ？　二百年も放置するなんて酷いと思うよな？　だったらさ、憐《あわ》れむついでにおいらのこと借りて、図書館から出してくれよ。ここじゃお姉さんも大きな声で話しづらいと思うしさ。それに……さっきの言葉の続きだけども」

「続き？」

「おうともさ！　もっと別に読むべき本があるんじゃないのかい？　ってやつ。もしよければおいらのこと、読んでみてくれよ。これでも魔導書だから、そこそこ有益な情報が載《の》っているかもだし……って待った！　なんでおいらを棚《たな》に戻そうとしているんだい!?」

「楽しい時間を邪魔されたのを思い出したから。私、どの本から読もうかなって悩むの結構好きなんだけど」

「悪かった！　悪かったから戻すのはやめてくれぇ!?」

……なんとも騒がしくて珍妙《ちんみょう》な魔導書だけれど、これも何かの縁《えん》だろうか。

仕方がないので、私はこの不思議な魔導書を借りていくことにした。

❀

王立図書館は許可が降りれば、一部の本は借りられるようだった。

なので私はあの魔導書を持って「借りて行きたいです」と受付さんにお願いした。

すると一旦《いったん》、魔導書は受付さんの手で奥へ持って行かれたものの、すぐに「構わないそうです」と許可が降りた。

もしかしたら私が昨日、アレックスと一緒にここへ来たのも関係しているのかもしれない。

そんな訳で、私は魔導書を手に城の自室まで戻ったのだけれど……。

「でさー。おいら本当に暇だったんだ。二百年間もねー」

「うん……うん」

この魔導書、本当によく喋る。

私も適当な相槌《あいづち》を打つことしかできなくなるほどに。

本当に二百年も放置されて、話し相手に飢えていたようだ。

「あなたが二百年も放置されていたのはよく分かったよ。分かったから……そろそろ読ませてもらっていい？」

「おう、構わないぞ！　誰かに読まれるのは本懐《ほんかい》だからな、本だけに」

「……」

「ちょっ、あれっ、無視は酷くない？」

さっきから話され続けて疲れたのと、あまりにもしょうもないダジャレだったので無視した。

椅子に座って、机の上に魔導書を置いて開いてみる。

ペラペラと魔導書のページを捲っていくけれど……二百年前に書かれただけあって、文字は大陸の統一言語で書かれていなかった。

魔導書で使われている文字は、旧王国語と呼ばれるものだった。

統一言語が使われ始めたのがちょうど二百年前なので、時代の境目に書かれた本なのだろう。

「古いエクバルト王国の言葉はあまり読めないんだよね……」

私が読めるのは主に統一言語と、レリス帝国の旧帝国語だ。

読めない本を解読するのも面白そうだけど、それは普通の本である場合に限る。

こうも騒がしい本が相手では、解読しようにも気が散って仕方がないだろう。

けれどせっかく借りた本、それも二百年前の魔導書の内容は気になった。

「となると、読めそうな人に読んでもらって、内容を聞くのがいいかな？」

私の身近だと、頼めそうな相手は一人しか思い浮かばなかった。

魔導に詳しいあの第一王子様だ。

「でもアレックス、まだ執務中だろうし……」

「アレックス？　男の名前……将来の相手かい？」

「やかましいです」

私は魔導書をぱたんと閉じ、ひとまずアレックスの執務が終わるまで待とうかなと考えた。

……するとちょうどその時、部屋の扉が数度ノックされた。

「ティアラ。入ってもいいか？」

「えっ……アレックス？」

——タイミングがいいけど、どうかしたのかな？

驚きつつ扉を開けると、そこにはやはりアレックスが立っていた。

また、アレックスは部屋の中を見回す。

「……どうかしたの？」

「それはこちらが聞きたい。さっき窓からティアラが歩いているのが見えたんだが、その際におかしな声も聞こえたのでな。誰かを連れ込んでいるのか？」

「えっ……アレックスこそ、あの声が聞こえたんだ」

王立図書館にいた人や受付さんには、この魔導書がどんなに騒いでも聞こえていない様子だったのに。

……寧《むし》ろ他の人にも声がちゃんと聞こえていたなら、この魔導書はきっと、やかましすぎてとっくに図書館から遠ざけられていただろう。

「妙に騒がしい声だったからな。俺の耳が常人よりいいのもあるが、あんな怪《あや》しげな声は聞き逃《のが》さない」

「いやー、お兄さんにもおいらの声が聞こえるとはね。この二百年間、誰にも声が届かなかったのに。今日は一気に二人に聞いてもらえるなんて幸せだよ」

「何……？　魔導書が喋っているのか？」

アレックスは部屋に入ってきて、魔導書を手に取った。

そのまま慎重《しんちょう》な手つきで、魔導書の各所を調べるように確認した。

「珍しいな、魂が目覚めた魔道具とは……。ティアラ、どこでこれを？」

「王立図書館だよ。そこでこの魔導書が話しかけてきて、借りて出てほしいって言われたの」

「そうだったのか。しかし何故こんな珍妙な物が、図書館で眠り続けることができたのか」

アレックスは難しげな、理解しがたいといった表情を浮かべた。

「それね、お姉さんに持たれて分かったけどさ。おいらの声って多分、魔力が凄い人にしか聞こえないんだよ。それこそ、お姉さんみたいにあり得ないほど多い魔力の持ち主とか。きっとおいらの創造主もそういう人においらが渡るよう、仕組んだと思うんだけど……。でもお兄さん、逆に魔力というか魔術の才が一切ないね。なのにおいらの声が聞こえるって、一体何者だい？」

「分かるのか、魂が目覚めた魔道具なだけはある。……何者かという問いには、この王国の第一王子と答えよう」

「王子……？　王子だからおいらの声が聞こえるってこと？」

「それはまた別の話だ。俺の感覚は常人のそれとは違う。魔力が見え、音として聞こえるように、お前の声も聞こえたといったところだろう」

相変わらず凄いことを言いつつ、アレックスはページを捲った。

「中に書かれているのは……ほう、旧王国語か」

「うん、実はそうみたいで。ちょうどアレックスに読んでほしいなって思っていたところだったの」

「任せろ、魔導の書物なら大歓迎《かんげい》だ。ざっと見た限りでは、昔の魔術について記されて……んっ？」

アレックスは急に無言になり、ページを捲る手が次第に速くなっていく。

見れば、魔導書を映す彼の瞳には熱が宿っている気がした。

……そんなアレックスを、私は帝国図書館で何度か見たことを思い出す。

こういう時の彼は決まって……魔導好きの心に火が付いているのだ。

アレックスは魔導書を捲りながら、遂《つい》に声を大きくした。

「ティアラ、凄いぞこれは！　これらの魔導式……ここに載っているのは失伝したはずの魔術や魔法陣についてだ！　これはもしかしたら、二百年前に写しを含めて全て消滅《しょうめつ》したはずだった、大賢《けん》者《じゃ》の魔術指南書かもしれない。加えて、本の表紙に刻まれている掠《かす》れた魔法陣。この形状は多分、古い陰系統の魔術だ。陰に潜《ひそ》むように対象を隠し続ける魔術……魔導書が二百年も図書館に置かれていたのはこれも原因だな。……この魔導書の内容に加え、二百年も持続し続ける高度な魔法陣。大賢者の残した書物という俺の予想も、きっと大外れではないはずだ」

魔導好きに火がついたアレックスは、魔導書にも負けないほどの饒舌になった。

「へ、へぇ……そんなに凄いの？」

「凄いなんてものじゃない！　これを全て統一言語に翻訳《ほんやく》し、魔導学会などで発表すれば、魔導史が大きく動くぞ！　昔の魔術がどうやって進歩し、現在に至るのか……この魔導書はその多くを教えてくれるはずだ！　何より、それは俺も知りたい」

アレックスは魔導書を閉じ、突然、意気揚々《ようよう》と「行こう」と言い出した。

「えっ……どこに？」

「師匠の店に決まっているだろう。ティアラと謎《なぞ》の声が気になって、執務を中断してきたが……執務をやっている場合ではなくなった」

「いやいや、そこは執務をやってから行こうよ……！」

「一分一秒でも惜《お》しいんだ」

魔導好きが溢《あふ》れ出したアレックスはもう止まらなかった。

……かつて閉館後の帝国図書館で、隠れて魔導書を読んでいた彼を思い出してしまう。

「でも、どうしてリンジーさんのお店なの？　それこそお城の中で、お城勤めの魔術師と一緒に作業したらいいと思うけど」

するとアレックスはきょとんとしてから、

「……ああ、言っていなかったな。実は師匠、あの見た目で王国随一《ずいいち》の魔術師なんだ。王国の賢者、リンジー・ダイアスの名はそれなりに有名でな」

「王国随一の魔術師……⁉」

また最初に説明してほしかった情報がポロリと出てきた。

——そもそも、あんな生活感のないずぼらな人がそんな方とは……というか、天才だからこそ変わった人なのかもしれない。

もちろん、アレックスも含めて。

「それに悪いが城勤めの魔術師では、この魂の目覚めた魔導書は手に余るはずだ。こいつの声が聞こえるかも怪しい。……魂の目覚めた魔道具を利用できるのは、その声を聞くことができる者に限定される。魔導書の場合は恐らく、声を聞ける者にしか内容を読めないはずだ。だがその点、師匠なら問題ないだろう。間違いなくな」

「おお……流石はアレックスの師匠だね。ただの魔道具店の店主さんじゃないとは思っていたけど、そういうことだったんだ……あっ」

アレックスは既に、部屋から出て行こうとしていた。

「ぐずぐずしていられない、師匠の食料を買ってすぐに向かおう！」

「このお兄さん、人が変わってないか……？　さっきまで結構冷静だったよな」

困惑《こんわく》する魔導書に、私は苦笑《くしょう》した。

「本当に魔導が大好きだから、仕方ないね」

こうして私たちは急遽《きゅうきょ》、リンジーさんの魔道具店へ向かうことになった。

❀

リンジーさんの魔道具店に着いた私たちは、早速リンジーさんに魔道具を見せる……より先に。

「食ってくれ、師匠。これから忙しくなる」

「ありがとうアレックス！　師匠思いの弟子を持てて私は幸せ者だっ！」

アレックスと一緒に買ってきたパンなどを、リンジーさんに渡していた。

彼がこの前買った堅パンは既になくなっていて、リンジーさんもそれなりに飢えていたようだ。

……これが本当に王国随一の魔術師なのだろうかと、ちょっとだけ疑問に思ってしまった。

そうしてリンジーさんが大食いし続けた末、ふぅと一息ついた時。

「それで今日はどんな用事で来たんだい？　食べ物まで最初から用意してくれていたなんて、ただ事じゃないだろう」

「そうなんだ師匠。これを見てくれ」

アレックスが魔導書をリンジーさんに手渡《てわた》すと、魔導書側も「おいらを見てくれ！」と言い出した。

この魔導書、相当な目立ちたがり屋さんである。

さらに、眠たげだったリンジーさんの目が大きく見開かれた。

「こいつ、喋ったよね？」

「やはり師匠にも聞こえるか。これは魂が覚醒《かくせい》した魔導書らしくて、王立図書館にあったところをティアラが持ってきたんだ。こいつ曰く、凄まじい魔力の持ち主にしか声が聞こえないようで、それで二百年も放置されていたそうでな」

「二百年ものの魔導書かい……それで肝心の内容は？　もう確認したんだろう？　もったいぶっていないで早く教えな」

リンジーさんの催促《さいそく》に、アレックスはニヤッと笑みを浮かべた。

「聞いて驚けよ師匠。俺の見立てでは、かの大賢者の魔術指南書だ。ちょうど二百年前、統一言語が王国で使われ始めたタイミングで、写しを含めて各国から消失したはずの一冊……と言えば伝わるか？」

「な、何ぃ……!?　大発見じゃないか？　そんなものがどうして王立図書館に二百年も……って、表紙に刻まれた隠蔽《いんぺい》系の魔法陣のせいか……。ご先祖様ならやりかねないね……」

リンジーさんはアレックスと同じようなことを言い、納得しつつ、さらに気になったことを口にしていた。

「あの、ご先祖って。これを書いた大賢者様ってリンジーさんのご先祖様なんですか？」

「おや、アレックスから聞いていないのかい。私の先祖は歴代随一の大賢者と呼ばれるハリソン・ダイアスだよ。私はその力を僅かに引き継いだ程度に過ぎないがね」

リンジーさんの自虐《じぎゃく》的な言葉に、アレックスは「僅かなものかよ」と食い気味に言った。

「王国随一の魔術師がよく言う。今の言葉、城勤めの魔術師たちに聞かせたら全員卒倒《そっとう》するぞ。全魔術属性を習得済みの師匠だって、ハリソン・ダイアスの再来なんて前は騒がれていたじゃないか」

「……その名声を聞きつけて集まってきた連中がうるさすぎて、こうして隠居《いんきょ》状態なんだがね」

リンジーさんは「静かな方が性《しょう》に合っているのさ。研究も捗《はかど》るし」と付け足した。

王国随一の魔術師がこんな隠れ家のような場所でひっそりと暮らしていた理由は、自身の名声にあったようだ。

私も聖女というだけで帝国では多くの人に囲まれたので、リンジーさんの気持ちが分かった。

「ともかく、ティアラがやばい魔導書を掘り出してきたと。それでアレックス、これをどうする気だい？」

「内容が全部旧王国語だからな。大陸の統一言語に翻訳したい。そうすれば翻訳版とはいえ、複製もできていいだろう？」

「貴重な文献《ぶんけん》だからね……。また紛失《ふんしつ》は避《さ》けたい。何より……」

「何？　おいらってやっぱすごいの？」

「……読むにしても、魂のない写しなら静かに読めるだろうしね」

私やアレックス同様、リンジーさんも魔導書の騒がしい声に早くも参っている様子だった。

「ただし問題もある。師匠、このページを」

アレックスが捲ったページは経年劣化《けいねんれっか》のせいか、文字が焼けたようになっていた。

これでは文字が潰れていて全く読めない。

そういったページは魔導書の前半に集中していた。

「これは……そうか。表紙に刻まれた魔法陣、そこから滲《にじ》み出る魔力で魔導書の文字がやられたのか。大賢者の魔力が大きすぎた結果か……。アレックスや、城に修繕《しゅうぜん》や修復系の魔術師で使えそうな奴はいるかい？」

アレックスは首を横に振った。

「無理だな。魂の目覚めた魔道具は、声の聞こえる者にしか扱いきれず、応じもしない。その原則に則《のっと》れば十中八九、その辺の魔術師には内容さえ読めないだろうし、修復系統の魔術さえ受け付けないだろう。……だからこそ、師匠に見せにきたんだ」

「言われてみりゃあその通りだね……。魔道具の魂の格は作り手の格に比例する。大賢者の残した魔導書、その魂が目覚めた今、王国でもその声が聞こえる人間はここにいる三人くらいかもしれないね……」

「帝国の聖女、王国随一の魔術師、先祖返りの王子……そうだな。となれば俺たち三人で翻訳と修復を進める他ないってことだ」

アレックスとリンジーさんは色々と話し込んでいるけれど、私はついて行けないで置いてけぼりにされた気分だった。

とはいえ、とっても大変な作業を二人が進めようとしているのは分かった。

「でもティアラは旧王国語を読めない。翻訳は俺たちで進めるしかないぞ。しかもティアラは魔術も習得していないから魔導書の修復についても難しい。つまり……」

「使える人員は実質二人かい。こんな分厚い魔導書の翻訳を……しかも魔導式を二百年前のものから現代のものに当てはめる必要があるって考えると面倒だねぇ。でも、それを成して内容について研究を進めれば、歴史に名が残るかもね」

「ああ、わくわくしてきたな師匠……！」

明らかに困難な道のりだろうに、アレックスは燃え上がっていた。

王子としての執務を放《ほう》り出してここまで来ただけのことはある。

……それとさっき、修復についての話題が出て、魔術を使えない私は戦力外といった言い方だったけれど。

「リンジーさん。その魔導書、貸してください」

私は魔導書を手にして、文字が潰れているページを開いた。

「アレックス。これ、図書館の本だからってことで、私もこの文字の潰れや表面の傷はいじらずにいたんだけど。……そもそも勝手に修復してもいいの？」

「構わない。そこは職権濫用になるが、王子の力でどうとでもしてみせるさ。そもそも読めないものを読めるようにするのだから、王立図書館側も受け入れるはずだ」

「分かった。そこが気になっていたから、教えてもらえてよかったよ」

「それでティアラ。どうする気だ？　まさか聖女の力で本まで直せる……とか言い出さないよな？」

「……？　直せるけど？」

「「…………は？」」

アレックスとリンジーさんの上擦《うわず》った声が重なった。

……あれっ、そんなに驚くことかな。

「待てティアラ。ティアラの力は生きている者にしか作用しないんじゃないのか？」

「最初はそうだったけど、力を使い続けるうちに道具も直せるようになったよ？　そもそも修復系統の魔術だって似たようなものじゃないの？」

聞いてみたものの、アレックスとリンジーさんは絶句していた。

色々と凄い二人がそんなにびっくりすることもないと思うけれど……。

「何より、本の素材である紙って元々は植物でしょ？　私の力は植物にも効くから、それなら本にも効くって」

「「……。…………」」

今度こそ納得してもらえると思ったら、二人は動きを完全に止めてしまった。

「……アレックス。この聖女様、本当に帝国から連れてきてよかったのかい？　あの魔力量に加えてこの汎用性《はんようせい》。一人で国を支えられるレベルだけども」

「向こうの姫君の判断で直接宮廷から追い出されたのだから、何も問題ない。しかし……。ティアラの規格外さがまた浮き彫《ぼ》りになったというか。これはもう、対象をなおす能力というより」

「対象を元に戻すって概念《がいねん》的な能力に近いね。魔術には不可能な概念に干渉《かんしょう》する領域の能力、正に奇跡だよ」

二人はあれこれと言っているけれど、そこまで大それた力ではないと思う。

ともかくこの魔導書は修復していいとのことで、私は魔導書に触れて治癒の力を行使した。

すると、魔導書の魔法陣からの魔力で文字が潰れてしまったページには、黒い線がデタラメに入っている感覚があった。

つまりはこの線を消してしまえばいいのだ。

怪我や病も、黒い靄や塊《かたまり》といった感覚なのだから、この黒い線だって同様に消してしまえる。

私は魔力を送り込み、文字はそのままに、文字を潰している黒い線だけを消し去るイメージを持った。

すると魔導書は元の姿を取り戻していく。

「なっ、何々⁉　おいらの中に凄い魔力が流れこんできて……う、うおおおおおお？　力が漲《みなぎ》るぅぅぅぅぅぅぅ⁉」

何故か絶叫する魔導書。

そういえば表紙も傷《いた》んでいたなと思い、力を使って表紙も綺麗な状態に戻しておいた。

その末、魔導書の表紙は美しい深紅《しんく》の色を取り戻し、表紙へ深く精緻《せいち》に刻まれた魔法陣は、それ自体が美術品のようでもあった。

「元々金色で刻まれた魔法陣だったんだね……よし。綺麗になった」

「おいら、ピッカピカにされちまったよ」

私はアレックスへと魔導書を渡す。

するとアレックスは唖然《あぜん》としつつページを開き、リンジーさんもそれを覗き込む。

「……完全に新品同様だ……。誰かに二百年前の品だと言っても信じないだろうが、これでやっとまともに読める状態になったな」

「まともに読める状態、ねぇ。……思えば二百年前の大賢者は、未来を見通す千里眼を持っていたとも聞いている。ご先祖様も馬鹿じゃないだろうし……もしかしたら、大賢者はティアラがこうって魔導書を修復することを見通していたのかもしれないね。それで修復して読んでもらう前提で、あんなに強い魔力の魔法陣を表紙に刻んだのかも……。その末、私たちに魔導書の扱いを託《たく》したってところか」

「この顛末《てんまつ》も、全知全能と言い伝えられている大賢者の思惑《おもわく》通りといった可能性もあるのか。もし今の仮説が本当なら、ティアラは大賢者も認める力の持ち主ということになるが……いいや、ティアラの力であれば大賢者でさえ認めるだろう。これはもう、全て必然であったのかもしれないな」

アレックスとリンジーさんは二人揃って、半ば納得したような雰囲気を出している。

何にせよ残す作業はひとまず翻訳のみということで、私は二人の役に立ててよかったという思いだった。

❀

レリス帝国の帝都中央、宮廷の一室にて。

第二皇女イザベルは強く下唇《したくちびる》を噛みしめていた。

これは物事が上手く運ばなかった際に見られる、幼い頃からの彼女の癖《くせ》でもあった。

平時のイザベルならば「はしたないのでやめるように」と幼い頃より母から咎《とが》められてきたその

癖を、半ば無意識に押さえ込むことができただろう。

けれど彼女の胸中は決して穏やかではなく、その癖が表に強く出るほどの有様だった。

彼女の手元にあるのは、宮廷に仕える文官から上がってきた報告書である。

……それはイザベル自身が許可を下し、エイベル・ルルス・ドミクス公爵主導の下で作らせた治癒の魔道具に関するものであった。

帝国を救い、イザベル自身の地位をさらに高めるはずだったそれは、著《いちじる》しく力不足であるとの声が宮廷以外に各地でも溢れ出すようになっていた。

代わりに聖女ティアラに救いを求める声が高まり、宮廷の前には日々、遠方からも聖女の癒やしを求めて大勢の人が集結するようになっていた。

「くっ……！　エイベル公爵の口車に乗ってみればこの始末。私の顔に泥《どろ》を塗《ぬ》るようなことをしでかすなんて……！」

イザベルは先日、ドミクス公爵家当主のエイベルを自室へ呼び出し、使用人も顔を背《そむ》けるほどの当たり方をした。

花瓶《かびん》を投げつけ、書類で横っ面《つら》を叩き、怒りのままに罵詈雑言《ばりぞうごん》を浴びせかけた。

自身の娘《むすめ》と同い年ほどの小娘《こむすめ》にそのような仕打ちを受けたエイベルの心中はどのようなものか。

けれどイザベルにはそれを想像する余裕もなかった。

「エイベル公爵はティアラなど不要、治癒の魔道具さえあればあの子の聖女としての地位は下がる一方なんて言っていたけれど。やっぱり保険としてあの子が必要だったじゃない！　見通しが甘いのよあの中年親父《おやじ》は……！」

自身がティアラを過度にからかったことで宮廷を去った事実については棚に上げ、イザベルは美しく流れる自身の髪を掻きむしった。

……本当は彼女とて、分かっているのだ。

下賤な血の流れる平民を嫌うあまり、ティアラに酷く当たりすぎたのだと。

どうせティアラは宮廷以外に居場所はない、ならば出て行けと言ってみたところで、最後には這《は》いつくばって許しを乞《こ》うてくるだろうという見通しは……あまりに甘かったのだと。

全てはイザベルが勢いに任せ、ティアラに「すぐに出て行きなさい！」と言ったことが原因なのだと。

……イザベルがもっと賢《かしこ》く立ち回っていたのなら、このような事態には陥らなかっただろう。

聖女不在の不満に民の怒りが膨れることもなかっただろうし、各地へ使えない治癒の魔道具を提供したイザベルやエイベルへと、責任を問う声も上がらなかっただろう。

また、イザベルの一声でティアラが宮廷を去った事実は、最早宮廷内では誰もが知る事実だった。

イザベルは周囲から腫《は》れもの扱いされ、父である皇帝《こうてい》からは「限度を知らんのか、この愚《おろ》か者めが！」と生まれて初めて頬を叩かれたのだ。

……彼女は生まれて初めての窮《きゅう》地《ち》に立たされていた。

第二皇女としての立場はあるものの、華《はな》やかに見えた未来への道には暗雲が立ち込めつつあった。

彼女はそれを自覚し、さらに唇を噛みしめた。

——ああ、どうして私がこんな目に……！

……イザベルは本来、決して無能ではなかった。

最低限、治癒の魔道具の設計図をエイベルから提示された際、基礎《きそ》理論を理解する程度の頭はあったのだ。

だが平民嫌《ぎら》いの性格も災《わざわ》いし、ティアラを映していたイザベルの瞳は差別で濁《にご》りきっていた。

故にティアラの真の力を見抜《みぬ》くに至らなかったのは致命《ちめい》的な彼女の落ち度であった。

「くっ……！　これも全部全部！　あの小娘の仕業《しわざ》よっ！　……こうなったら……！」

ここに至って、イザベルはようやくティアラを連れ戻そうといった考えに至った。

ティアラに頭など下げるつもりは毛頭ない。

けれど……まずはあの聖女を探し出し、連れ戻さないことにはどうしようもないのだという現実を、ようやくイザベルも受け入れつつあった。

「誰か来なさいっ！　今すぐ……兵を動かし、ティアラを捜索《そうさく》なさい！　草の根分けても探し出して、私の前に連れてくるのです！　エイベル公爵にも魔石通信でこの話を確実に伝えなさい！」

部屋の外に待機していた使用人たちは、イザベルの言葉に従い慌ただしく駆けてゆく。

……しかし、既に何をやってももう遅いことをイザベルはまだ知らない。

何があっても聖女に癒やしてもらえるからと、兵士も平民も身を粉にして日々働いてきた。

兵士に至っては危険な魔物との戦いすら恐れず、聖女の力を信じて勇敢《ゆうかん》に立ち向かい続けていた。

けれど傷つき、疲弊《ひへい》する者が増え「聖女は第二皇女が原因で宮廷から去った」との噂が広がっていく中……彼らの不満は爆発《ばくはつ》寸前であった。

「……といった具合に、イザベル様は聖女ティアラを連れ戻すべく動いております。ですが……正直、まるで見当たらないのです」

「……ほう。見当たらない、とは？」


帝国某所の地下室にて。

ドミクス公爵家当主のエイベルと、輝星教会の枢機卿であるバルトは再び密談を行っていた。

このままでは民とイザベルの怒りで、ドミクス公爵家は痛手を被《こうむ》る。

さらに輝星教会も、帝国各地の司祭を始めとした治癒系統魔術による信者の治《ち》療《りょう》が上手く進まず、信者と寄付金の更《さら》なる減少といった窮地に立たされていた。

この期《ご》に及《およ》んで、恐らくは時期からしても、全ては聖女ティアラが宮廷を去ったことが原因と考える他ないと二人は確信を強めていた。

いかなる超《ちょう》常《じょう》の権能なのかは不明ながら、聖女ティアラの力は周囲へ強く影《えい》響《きょう》を与《あた》えていたのだと、二人は認めつつあった。

……けれどその事実に気付いたところで、今更遅すぎるのは言うまでもない。

エイベルは話の続きとして「……実は」と語り出す。

「あの聖女さえ連れ戻せば何か変わるのではと、私はイザベル様に指示されるよりも以前から動いていたのです。聖女の生まれ故郷を含め、帝国中に私兵や魔術師を散らせました。されど……魔術を用いた捜索でさえ、聖女の足取りを全く掴めておりません」

「なんと……宮廷と深い繋がりのある、ドミクス公爵家の力をもってしても見つからないのですか」

「恐らくは何らかの手段で、密かに帝国から離れたものかと……」

これについてはバルトも驚きを隠せず、深い失望を覚えていた。

バルトは他人の力を見抜く才を活用して、枢機卿にまで上り詰めた男だ。

これまで彼は、決して見誤りなどしなかった。

だからこそバルトは見込んだ相手への投資を決して渋《しぶ》らず、常に己《おのれ》の味方につけるよう立ち回り続け、多くを勝ち取ってきたのだ。

そうであるにもかかわらず……自らが見込んだ、帝国の中で随一の力を持った貴族家の当主でさえティアラを見つけられないとは。

こうなってはバルト自ら動く他ないが、如何《いか》に輝星教会の重鎮《じゅうちん》といえど、帝国内で動き回るのは限度がある。

これまではティアラが邪魔で仕方なかったものの、こうなっては彼女を連れ戻し、輝星教会と聖女が共存する道を模索《もさく》する他ないというのに……。

民の怒りの矛先《ほこさき》は、王家やドミクス公爵家以外に、寄付金の割に仕事をしない輝星教会へと向きつつあった。

そうなれば信者数や寄付金以前の問題となり、その大波は帝国の国外にいる信者にさえ影響を及ぼすだろう。

帝国は元々、輝星教会の信者数が非常に多い国であったのだから。

……そうした思案の末、かくなる上はと……バルトは懐から拳《こぶし》大の宝玉を取り出した。

それは怪しげな血色の輝きを発し、地下室の中、バルトとエイベルを照らした。

「バルト殿……これは？」

ただならぬ気配にエイベルは息を呑んだ。

バルトは汗《あせ》を滲ませながら、周囲の人払いは済んでいると分かっても、それでも小声で語った。

これはそれほどのものであると、言外に示すように。

「エイベル様……これについては魔族の魂魄玉《こんぱくぎょく》、と言えば伝わるでしょうか」

「ま、魔族の魂魄玉……!? 特級の封印《ふういん》指定物ではないですか？」

エイベルは声を荒らげた。

魔族の魂魄玉。

かつてこの世に七体存在し、地方によっては魔王とも呼ばれる存在、魔族。

二百年前、魔族はたったの七体で大陸を滅《ほろ》ぼしかけた末、当時の大賢者と勇者、聖女の手で封印されたと伝えられている。

一般《いっぱん》には、それは半ば伝承のように扱われているが、実際には確かな記録があり真実であると、各国の王族や貴族、さらにバルトのような権力者たちは知っていた。

……また、七体の魔族は七つの宝玉に封印され、大陸各地にて密かに保管されていることも同様に知っていた。

人類を害する恐るべき魔族を封じた七つの宝玉、それこそが魔族の魂魄玉なのだ。

「ご存じの通り、これは最大の危険度を意味する特級の封印指定物。しかし魔族は国を破壊《はかい》し、人を殺戮《さつりく》するだけの存在ではない。十分な代価を支払えば、人間との契約《けいやく》にも応じ、あらゆる願いを叶《かな》えるとされています。それはあなたも知っているでしょう、エイベル様？」

「だ、だが！　こんなおぞましいものを一体どうしてあなたが……？」

「くっ……我が教会の力をもってすれば、一つをくすねるなど容易《たやす》いもの。枢機卿である私が聖《せい》と言えば、あらゆる邪《じゃ》も聖になるのですよ」

ここに至って、エイベルはバルトという人間を見誤っていたと悟《さと》った。

エイベルは野心こそあるが、その心根はあくまでも貴族だ。

幼い頃より帝国の地と民、皇帝の血族を守るべしと教わり、今に至る。

だからこそ直接帝国に危険が及ぶ行為《こうい》は決してすまいと避けてきた。

だが……バルトは違う。

バルトが守るのは地ではなく、あくまでも所属する輝星教会という組織だ。

……必要となれば、バルトは本当に帝国の地で魔族を復活させるという暴挙に出るだろうし、実際に彼がその行為に及ぼうとしているとエイベルは察した。

「ま、待つのですバルト殿！　魔族は一体でも壊滅《かいめつ》的な力を持ち、一国の軍さえ退けたとも伝えられています。そんなものをここで解放して一体何を……ま、まさか？」

先ほどバルトが語った契約という単語がエイベルの脳裏《のうり》を掠めた。

バルトは頬を歪《ゆが》めて笑みを浮かべる。

「お察しの通りかと。魔族と契約し、聖女を探し手中に収めるまでのこと。何、重ねて人間を襲わぬよう契約すれば、安全に運用できるでしょう。……それにあなただって、今更止まれはしないはずだ。聖女が宮廷に戻り、その力を受けて治癒の魔道具の効果が試験段階時の状態まで戻れば、エイベル様の方も全て丸く収まるはずです」

「それはそうだが……！　……いいや、だが！　あまりにも危険だ、我が祖国でそのような真似《まね》をさせるわけには……！」

「残念ですね、エイベル様。ではここでお別れといきましょう」

エイベルが止めるより早く、バルトは魔族の魂魄玉を床に叩きつけ、砕き割った。

途端、破片《はへん》から深紅の靄が立ち昇《のぼ》り、人形の輪郭《りんかく》を作り出していく。

それに向かい、バルトは告げた。

「魔族よ！　そなたを解《と》き放ったのはこの私！　復活の対価に契約を行い、我が願いを叶え給え！　……当代の帝国の聖女ティアラを連れ戻し、この手に！」

するとバルトの直下に血色の魔法陣が展開され、契約に関する魔導式が幾何学模様となって回り出す。

伝承の通りだとバルトはほくそ笑む。

魔族は契約を重んじ、一旦契約で縛《しば》ればある程度は言うことを聞かせられるのだと。

これならばゆくゆくは、契約によって魔族を完全に支配下に置くことさえ可能ではないかと。

……徐々に姿を現してきた人形の輪郭は、重々しく声を発した。

「むぅ……足りぬな」

「な、何？」

「二度も言わせるな、足りぬのだ。……聖女を連れ戻し手にするという契約に対し、我が解放のみでは対価として釣《つ》り合わぬ。お前らは聖女の力を舐《な》めすぎだ」

「な、ならば『生贄《いけにえ》』を差し出しましょう。古の時代にも、魔族は契約の対価として人間の生き血を欲《ほ》していたと聞いておりますが、この横の部屋に十名ほど転がしておりますが、いかがでしょうか」

バルトが密かに用意していたものに、エイベルは顔を引きつらせた。

……まさか最初から魔族と契約をするつもりだったのかと。

そのために、自分をこんな場所に呼び出したのではと。

されど、深紅の魔族は言葉を重ねる。

「十名。まだ足りぬな」

「それは具体的に、どれほどでしょう?」

「さしずめ、約二名といったところか。……おお、ちょうど目の前にいるではないか。丸々と肥え太った貴族に、忌々《いまいま》しい輝星教会の枢機卿が」

「な、あっ……⁉ 馬鹿な、それでは私との契約を……!」

果たせない、とバルトが言いかけた瞬間。

バルト直下に展開されていた血色の魔法陣が収束し、霧散《むさん》した。

「契約は完了《かんりよう》した。喜べ、お前は我が腹の中で、聖女を手にするであろう。別段、場所の指定はなかったものでな」

魔族は愉快《ゆかい》そうに「ガハハハハハッ」と哄笑《こうしよう》する。

それは邪悪《じやあく》で、人を陥れることに悦《えつ》を感じる、正に魔族の笑い声だった。

バルトは聖女の発見を焦るあまり自分が何をしでかしたのか、理性ではなく本能で悟った。

「や……やめろ魔族風情《ふぜい》が！　私を誰と心得る！　私は輝星教会の……！」

バルトが言いかけ、エイベルが部屋の外へ逃げ出そうと背を向けた途端。

「契約を履行《りこう》する。贄《にえ》が逃げるな」

「ぐっ……ああああああああああああっ⁉」

人形の靄がバルトとエイベルの二人と、隣の部屋に転がされていた『生贄』の十人を呑み込み……

断末魔《だんまつま》のような悲鳴が上がった。

……ここはレリス帝国の辺境、奇しくもティアラの故郷の付近である。

バルトは他所《よそ》に密談の内容が漏れぬよう、敢《あ》えてこの場所を選んだのだ。

けれどそれ故に……山奥でどれだけ悲鳴が上がろうとも、助けが来ることは決してなかった。

第三章　深紅の魔族

あのよく喋《しゃべ》る魔導書を見つけてから数日ほど。

アレックスは早朝まで執務《しつむ》をこなし、昼間はリンジーさんの魔道具店に籠《こ》もり、夜中は城に帰ってまた執務を行う……そんな生活を送っていた。

それに私も何か手伝えないかなと、毎日アレックスと一緒《いっしょ》にリンジーさんの魔道具店へと足を運んでいた。

「アレックス、ここ数日全然眠《ねむ》っていないでしょ？　大丈夫《だいじょうぶ》？」

「問題ない。俺《おれ》の体は睡眠《すいみん》時間が極端《きょくたん》に短くてもパフォーマンスが落ちないからな」

「そんな使い続けの魔道具みたいな言い方をして……」

アレックスは机に向かい、私が話しかけた時や食事以外は黙々《もくもく》と魔導書の翻訳《ほんやく》作業を続けた。

一方のリンジーさんは店の隅《すみ》に置いてあるソファーで爆睡《ばくすい》中だ。

昼間はアレックス、夜中はリンジーさんといった態勢で、作業は止まることなく進行している。

リンジーさん曰《いわ》く「この店に来る客なんて、この時期はほぼいないからね。作業に集中できるのさ」とのことだったけれど……。

「本当、あの魔導書が他の人にも読めたらいいのに……」

魂《たましい》が目覚めた魔道具は、その声が聞こえる人間にしか扱《あつか》えない。

魔導書の場合、それが「声が聞こえる人にしか読めない」になるとは。

「そう言うなってお姉さん。おいらだって他の人ともいっぱい喋りたかったさ」

「作業中だ、静かにしろ魔導書」

「お姉さんの話には応じる癖《くせ》に！　この王子、おいらには辛辣《しんらつ》すぎる……！」

アレックス曰く、この魔導書の声は「俺の神経を逆なでするタイプ」だそうだ。

……あまりにもお喋りなこの魔導書は、確かにアレックスとの相性《あいしょう》はよくないだろう。

「作業が終わり次第《しだい》、好きなだけ喋らせてやる。今は集中させろ」

「……ちなみにおいらの翻訳っていつ終わる予定？」

「この調子では今月が終わる頃《ころ》だな」

「って、まだ今月が始まったばかりじゃん！　おいら全然喋れな……」

「もう一度言う、静かにしろ。これ以上翻訳を妨害《ぼうがい》するなら、翻訳が終わった後でお前を……」

「すみませんでしたおいら黙《だま》ります王子様」

アレックスの圧を感じる声音に、魔導書は早口気味にそう言って黙り込《こ》んだ。

それからまたアレックスの作業が始まる。

私のやれることといえば、作業を見守りながら店の掃除《そうじ》をしたり昼食を買ってきたりするくらいだ。

他にも何か手伝えることがあったらいいな……と、考え込んでいたその時。

「……何、この感じ？」

体がぞわりと震《ふる》えるような感覚がした。

違《ちが》う、空気中の、空間に満ちる魔力そのものが震えている。

違和《いわ》感を覚えて窓を開け放つと、さっきまで雲一つなかった青空に、鉛色《なまりいろ》の雲が立ち込めていた。

「これは……アレックス！」

「分かっている。何かおかしい。……魔物の群れでさえこれほどの殺気は出せない」

私の覚える違和感を、アレックスは殺気として感じているらしい。

壁《かべ》に立てかけてあった剣《けん》を鞘《さや》ごと掴《つか》み、アレックスが机から離《はな》れてこちらへ歩いてくると、リンジーさんも目を覚ましていた。

「なんだいこの重たい魔力は？　誰《だれ》かが呪殺《じゅさつ》の儀式《ぎしき》とか……いいや、そんな生易《なまやさ》しいものじゃないね。あの雲の中に何かいる」

「雲の中だと？」

アレックスは天へと目を凝《こ》らす。

一流の魔術師は遠方の魔力の流れさえ読めると聞くけれど、王国随一《ずいいち》の魔術師であるリンジーさんも同様のようだ。

アレックスは開け放った窓に手をついて、外へ跳《は》ね出る。

そして目を細め、左手で剣の鞘を、右手で柄《つか》を握《にぎ》りしめた。

まるで東洋の居合い切りのような構えだった。

「……ティアラ、店の中にいろ。師匠《ししょう》は店に結界を張ってくれ」

「もうやってるよ」

リンジーさんが魔法陣《まほうじん》を展開し、店を半透明《はんとうめい》な魔力の壁で包んだ直後。

「――ッ！　来るぞッ！」

アレックスが声を発した時には、暗雲から落雷《らくらい》が生じていた。

雷《かみなり》が店の前に落ちたと思った瞬間《しゅんかん》、既《すで》にアレックスは剣を引き抜《ぬ》き、深紅の影《かげ》と斬《き》り結んでいた。

……一瞬落雷に見えたのは、雷のように素早《すばや》く飛来した深紅の影だったのだ。

ほとんど目で追えなかった光景に「……えっ？」と喉《のど》から声が漏《も》れ出る。

次いで、キィン！　と鋼《はがね》と鋼の打ち合う音が甲高《かんだか》く響《ひび》いて、アレックスが剣を振《ふ》りきり深紅の影を遠方へ飛ばす。

黒鷲《くろわし》の構成員を何十人も片付けた後でさえ平然としていた彼《かれ》の横顔は、今や鋭《するど》く、臨戦態勢といった雰囲気《ふんいき》だった。

「魔力が重くて濃《こ》い、まるで魔物並み……否《いな》、それ以上だな。お前、何者だ？」

アレックスが問いかけた先、輪郭《りんかく》が朧《おぼろ》げだった深紅の影はゆっくりと人形になっていく。

影のように見えていた部分は、燃えるように立ち昇《のぼ》る深紅の魔力へと変じていった。

揺《ゆ》らめく深紅の魔力の中に、縦に瞳孔《どうこう》の開いた鋭い目が見え隠《かく》れしている。

姿は古びた甲冑《かっちゅう》を纏《まと》った戦士……といったところだ。

右手には巨大《きょだい》な斧《おの》――多分、ハルバードと呼ばれる武器――を持っていて、あれでアレックスと打ち合ったのだと思う。

見た目こそ人形であるけれど、あれは人間じゃない何かだと、私は心のどこかで確信した。

人形は肩《かた》を震わせ、甲冑の中からくぐもった笑いを零《こぼ》した。

「名を尋《たず》ねるならば、まずそちらから名乗るのが道理だろう？」

「……エクバルト王国第一王子、アレックス・ルウ・エクバルト。人外の者に道理を説かれる日が来るとは思わなかったぞ」

「ククッ……いい勘《かん》だ。お前、俺が人ならざる者であると気付いていたか」

アレックスは油断なく剣を構えたまま、正面の人形を睨《にら》む。

すると人形の方もハルバードを構えた。

「我は魔族の一柱、赫々《かっかく》のバァル。契約《けいやく》に従い、レリス帝国《ていこく》の聖女をいただきに参上した」

「なっ……魔族だって？　あれは七体とも封印《ふういん》されていたはず。どこの間抜《まぬ》けがやらかして封印が解けた……!?」

リンジーさんは額から汗《あせ》を流し、魔法陣で防御《ぼうぎょ》の結界を強めた。

……魔族。

二百年前、大陸を滅《ほろ》ぼしかけたと伝えられる七体の災厄《さいやく》。

それは寒村出身の私も知るほど有名で、勇者のおとぎ話に出てくる悪役として誰もが知っている存在。

それが実在していて、アレックスの前にいるなんて……。

正直、信じられないけれど、リンジーさんの反応に加え、私の中の力があの魔族は本物だと言っている気がした。

「王国の王子よ。お前の相手は少々骨が折れそうだな。お前の排除《はいじょ》は契約にはない。そこの聖女をこちらに寄越《よこ》せば、我も速《すみ》やかにこの場を去ろう。……どうだ、悪くはない取引に思えるが？」

「悪くない取引？　吐《ぬ》かせ、人外が。……俺は数少ない友人を大切にする主義なんだ。誰との契約かは知らんが……俺から友人を、ティアラを奪《うば》いたければ、俺を殺していくことだ」

「……そうか」

バァルが呟《つぶや》いた途端《とたん》、アレックスの直下から深紅の槍《やり》のようなものが飛び出した。

魔力の気配からして、バァルが揺らめく炎《ほのお》のような魔力を固体化させ、アレックスの下から放ったものだろう。

けれどアレックスは槍の気配を読んだようで、瞬時に真横へ大きく跳躍《ちようやく》し、槍が伸《の》びきった時にはもうその場から完全に離脱《りだつ》していた。

さらに跳躍した先の建物の壁を蹴《け》って、それを繰《く》り返し、バァルの周囲を跳《と》び回る。

リンジーさんのお店は周囲を背の高い建物に囲まれている。

アレックスの超人《ちようじん》的な脚力《きやくりよく》なら、垂直な建物の壁や、リンジーさんのお店に張られている結界さえ足場になるということだ。

バァルが次々に繰り出す深紅の槍は、アレックスに掠《かす》りすらしない。

それどころか……寧《むし》ろアレックスの方がバァルを翻弄《ほんろう》しているようにも見えた。

「あの動きにこの気配！　魔術の才を捨て去り、武の極限を超越した者か……！　そうなれば……お前が【当代の勇者】か！」

「【当代の勇者】？　なんの話かさっぱりだな」

宙に放たれた巨大な槍を躱《かわ》し、逆にそれを足場にして蹴り、アレックスはバァルに迫《せま》る。

勢いのまま振られたアレックスの剣と、防御に回したバァルのハルバードが衝突《しようとつ》。

しかし膂力《りょりょく》ではアレックスが数段勝《まさ》るようで、バァルをハルバードごと吹《ふ》き飛ばしてしまった。

バァルは地を転がり、呻《うめ》きながら立ち上がる。

……信じ難《がた》いことに、王国最強の竜騎士《りゅうきし》である第一王子の実力は、伝説の魔族を凌駕《りょうが》して余りあるもののようだった。

「ガッ……!? 馬鹿《ばか》な！　この勇者、二百年前の者よりよほど……!?」

「お喋りな奴《やつ》だな」

「……!?」

アレックスは一瞬でバァルへ肉薄《にくはく》し、立ち上がったバァルへ剣戟《けんげき》を叩《たた》き込む。

バァルの防御は追いつかず、アレックスの剣がバァルの鎧《よろい》を削《けず》って破壊《はかい》し続ける。

最後にアレックスの蹴りが炸裂《さくれつ》して、バァルは再び地面へ転がった。

バァルが肩で息をして起き上がろうとする中、アレックスは悠然《ゆうぜん》とバァルへと歩みを進める。

「な、何故《なぜ》だ。奴の剣は聖剣でもないただの直剣であるのに、どうしてこうも追い詰《つ》められる……！」

「どうした？　こんなものなのか。二百年前、大陸を滅ぼしかけた魔族の一柱というのは。拍子抜《ひょうしぬ》けもいいところだが、さては偽物《にせもの》か？」

「クッ……！　舐《な》めるなよ下等種族が！」

次にバァルは、宙に深紅の槍を生成して浮《う》かせ、矛先《ほこさき》を周囲の建物に向けた。

建物の中では誰かが、この騒《さわ》ぎに気付いて身を隠しているはずだ。

さらにバァルはアレックスにも槍を向け、いつでも射出できる状態にした。

「これより槍を一斉《いっせい》に放つ！　お前は槍を防御できるだろうが、民《たみ》はそうもいかぬだろう！　しかし民を庇《かば》えばお前が串刺《くしざ》しになろう！　……無辜《むこ》の民と自身の命、お前はどちらを選ぶ！　第一王子よッ！」

「な、なんて汚《きたな》いことを……！」

思わずそう声に出してしまうほど、バァルのやり口は汚かった。

民を人質《ひとじち》にして、もしアレックスが自分自身を守れば「お前は第一王子失格だ！」とでも言うつもりなのだろう。

反対にもしアレックスが民を守って傷を負えば、その隙《すき》を突《つ》いて彼を仕留める気か。

バァルはそのまま「ハァッ！」と苦し紛《まぎ》れと言わんばかりに槍を射出したけれど……。

……その時にはもう、アレックスの姿はその場になかった。

「……は？」

バァルから間の抜けた声が漏れた。

けれどその気持ちはよく分かった。

なぜなら……二十本ほどの槍は放たれた瞬間、全《すべ》て叩き割られて地に落ちていったからだ。

さらに宙には剣を振るったと思《おぼ》しきアレックスの姿があった。

彼はストンと地面に降り、バァルを睨む。

「つまらんことをする。伝説の魔族の底が見えたな」

「チッ……！　舐めた口を……！」

バァルは怒《いか》りで、その身を震わせていた。

正面からの勝負では勝機はないと完全に理解したのか。

追い詰められたバァルは深紅の魔法陣を周囲に幾重《いくえ》にも展開し、そのまま魔術を発動する。

魔法陣に刻まれた魔導式を見てアレックスは何を感じたのか、即座《そくざ》に笛を取り出して吹いた。

……けれど前回と違い、笛の音には独特の抑揚《よくよう》がついていた。

抑揚の意味を考える間もなく、バァルが哄笑《こうしょう》する。

「クッ、ハハハハハハッ！　認めよう！　その力、剣技《けんぎ》において！　我が戦った者の中でお前を超《こ》える者はいない！　恐《おそ》らくは人間の歴史の中で最強格の剣士であろう」

「……そうか。魔術を一生扱えないと思えば虚《むな》しいだけだがな」

アレックスはそう、心底つまらなそうに呟いた。

「だが……所詮《しょせん》は剣士。接近されなければこちらのもの！」

バァルが言った瞬間、周囲の建物が捻《ね》じれ、赤い結晶《けっしょう》に包まれていく。

深紅の魔法陣が輝《かがや》きを増した末……。

最終的に、周囲はどこまでも赤い結晶が広がる空間になってしまった。

王都の街並みはどこかに消え去り、建物は結界に守られているリンジーさんのお店しか残っていない。

「へぇ……。空間を切り取って異空間に引きずり込んだのかい。あの魔族、空間系統の魔術については私以上かもね」

リンジーさんはふむふむと興味深そうに頷《うなず》く。

どうやらあのバァルという魔族は、王国随一の魔術師であるリンジーさんも認めるほどの、空間系統魔術の達人であるらしい。

一方、そんなバァルと対峙《たいじ》するアレックスといえば。

「お、おおぉ……！」

恐れとも驚《おどろ》きとも判別の付き難い声を漏らしていた。

アレックスの様子に何を思ったのか、バァルは大笑する。

「ハハハハハッ！　自身の置かれた状《じょう》況《きょう》を理解したか！　そうとも、ここは我の支配する異空間！　この場にある結晶全てが我《わ》が槍であり盾《たて》でもある！　この物量はお前であっても防ぎきれまい！　お前を倒《たお》してから、あの小屋を守る結界を破壊し、ゆっくりと聖女を我が物にしてくれようぞ！」

……と、バァルは言っているけれど……。

私はアレックスの「おお……」という声から、彼が何かに感嘆《かんたん》していると察していた。

――あの魔導好きの王子。まさかこんな状況でも……。

私がそう思った途端。

「素晴《すば》らしい！　この規模の異空間を作り出す空間系統の魔術は、魔術大国である帝国でも見られなかった！　これが魔術における極限の一つか。それを体験できるとは……。魔族バァルよ、俺はお前に感謝する」

アレックスは剣を構えながらも、明らかに嬉《うれ》しそうだった。

「あ、あの馬鹿弟子《でし》……！　敵は伝説の魔族で、この異空間はあいつの手のひらの上に等しいってのに……！」

「……まあまあ。いつものアレックスでいいじゃないですか」

拳《こぶし》を握りしめるリンジーさんを、私はそんなふうになだめていた。

最早《もはや》、アレックスの魔導好きは真の意味で筋金入りだった。

「このバァルを舐めているのか？　ふざけた男だ……その顔、恐怖《きょうふ》で歪《ゆが》ませてくれるわ！」

バァルはアレックス周囲の結晶を槍や剣の形に変え、矛先を彼に向けた。

結晶の武器はどういう原理なのか、空間の中を自由自在に飛んでいる。

一方のアレックスはその場から跳び退《の》き、結晶を凝視《ぎょうし》する。

「結晶自体から魔力を噴射《ふんしゃ》させて飛ばしているのか。素晴らしいな。魔道具として応用すれば、飛翔《ひしょう》の魔術を扱えない俺でも飛べるかもしれない」

「脱走《だっそう》王子め……冷静に分析《ぶんせき》している場合かい！」

リンジーさんは茶色の魔法陣を展開し、アレックスへ向けた。

確か茶色の魔法陣は岩や地の魔術のものだ。

「アレックス！　足場だ！」

「師匠、助かる！」

リンジーさんは小屋ほどもある大岩を次々に出現させ、アレックスはそれらを蹴って、バァルの生み出す剣や槍から逃《のが》れていく。

「これだけの質量の物質を次々に、岩とはいえ人間が一瞬で生み出すか……！　この魔力と技量、奴が【当代の賢者《けんじゃ》】か？　……契約者《けいやくしゃ》め！　同時に勇者、賢者、聖女の相手などと、契約になかったではないか！　まるで贄《にえ》が足りぬぞ……！」

苛立《いらだ》った様子のバァルに、アレックスは剣を構えて一気に迫る。

岩を蹴り跳ね、開いていたバァルとの距離《きょり》が一気に詰まった。

アレックスがバァル目掛《めが》けて剣を振りかぶって、そのまま一閃《いっせん》。

しかし……バァルの力で真下からせり出した結晶の大壁で、アレックスの剣は阻《はば》まれてしまう。

それどころか、大壁と衝突した際、剣がバキン！　と砕《くだ》けてしまった。

「チッ……！」

「しまった、剣がアレックスの膂力に耐《た》えきれなかったのかい！」

——剣が膂力に耐えられなかったって……。普通《ふつう》、逆じゃない？

伝説の魔族と渡《わた》り合う王子様は、どこまでも規格外だった。

——でも、ここで武器がなくなったのは……！

「師匠！　武器を投げてくれ！」

「私やティアラにそんな膂力があるわけないだろう！」

……まずい。

剣がないと、アレックスはバァルの攻撃《こうげき》を避《よ》けることしかできない。

咄嗟《とっさ》にリンジーさんが魔法陣を展開し、岩や水の魔術を放ってアレックスを援護《えんご》するけれど、あくまでアレックスがその場から離脱するための時間稼《かせ》ぎにしかならない。

「だったら師匠！　この異空間から脱出《だっしゅつ》する方法を考えてくれ！　笛は吹いた。準備の時間を考えても、そろそろ持ってくる頃合《ころあ》いだ……！」

「誰が何を持ってくるか知らんが、少し待てアレックス！　この異空間を作り出している魔導式を逆算して、無効化する策を練る！」

リンジーさんが手元に魔法陣を多重展開する傍《かたわ》ら、私は拳を握った。

――私、何もできてない……。

アレックスが傷ついたら即座に治す準備はしている。

しかし、それだけでは状況は好転しない。

私だけがまだ、何もできていない。

あの魔族は誰かとの契約で私を攫《さら》いに来ているのに、これじゃあアレックスに頼《たよ》りっぱなしだ。

「何かないかな、私にも何か……！」

……その時、机の上に放置されていた魔導書が輝きを放った。

「お、およよよっ？　おいら、なんか光ってない？」

「なっ、魔導書が……！　何かの魔術が起動したのか？」

リンジーさんが驚いている間に、魔導書から放たれた光が素早く人形になっていく。

足、胴体《どうたい》、首……下方から人の形が組み上がっていくようだ。

そうして光が形作ったのは、青い衣《ころも》を纏った老人だった。

手には杖《つえ》を持ち、口元には白髭《しらひげ》を蓄《たくわ》え、頭には大きな帽子《ぼうし》を被《かぶ》っている。

深く皺《しわ》の刻まれた顔ながら瞳《ひとみ》は力強く、どこか理知的な雰囲気であり、それは誰もがイメージするような老魔術師や老賢者の姿で……。

老人を目にした時、リンジーさんは喉奥《おく》から声を絞《しぼ》り出すようにして言った。

「その姿、実家に伝わる肖像画《しょうぞうが》と同じ……あなたは大賢者ハリソン・ダイアスか？」

リンジーさんが問いかけると、老人は「如何《いか》にも」と応じた。

「儂《わし》がハリソンで相違《そうい》ない。魔導書に術を仕込《しこ》んで二百年。この時を待っていたぞ、我が子孫よ」

「はぁ……意識の複製かい。こんな大それた魔術を二百年越《ご》しに起動するとは、流石《さすが》大賢者ってところか」

突然《とつぜん》現れた大賢者様は「時間がない」と話を続ける。

頭は混乱気味だけれど、時間がないのは事実だった。

「二百年前、儂は千里眼で未来を見た。魔族の一柱が復活する、この未来を。そこで助言を授《さず》けるべく、儂は意識の一部をこの魔導書に込め、二百年後の聖女に託《たく》すこととした。魔族を打倒《だとう》する鍵《かぎ》、それは二百年前も帝国の聖女であったからだ」

「わ、私ですか……？」

自分を指すと、大賢者様は「然《しか》り」と確かな声で答えた。

「実を言えば、王立図書館でお主が我が魔導書を見つける未来も見えたのでな。故《ゆえ》に……儂は隠蔽《いんぺい》の魔術で、儂の意識を込めたこの魔導書を隠し続け、他者の手に渡ることを防いでいた。お主がこの魔導書を見つける二百年後の、あの時間までな」

「……って、おいらが長い間、誰とも話せなかったの！　やっぱり創造主様のせいじゃないか！　酷《ひど》い！」

抗議《こうぎ》するように喚《わめ》く魔導書に、大賢者様は苦笑《くしょう》した。

「すまぬ、すまぬ。だが、他に聖女へ正確に助言を授ける方法も思いつかなくての……。ただ書物に書いて後世に託すのでは、状況によっては言葉の意味が正しく伝わらない危険性もあったのでな。儂の意識の一部を魔導書に宿し、言葉で伝えるのが最もよいと判断したのだ」

これで魔導書が二百年もの間、放置されていた理由が分かった。

最初から敢《あ》えて、あの場所に長い間、置かれていたのだ。

そこまで理解してから、私は「いや、そんなことより！」と声を上げた。

「すみません、大賢者様。今はこの状況を打開するための助言をください」

このままだとアレックスが危ない。

一刻も早く助けないと。

こちらの焦《あせ》りを感じ取ったのか、大賢者様は真面目《まじめ》な表情を取り戻《もど》して語り出す。

「うむ、うむ。そうであったな。……当代の聖女よ。お主はその力、ただ人や物質を『なおす』ものだと思ってはいまいか？」

「……違うんですか？」

そういえばリンジーさんは、私の力は概念《がいねん》的な能力に近い、とこの前言っていた。

大賢者様は豊かな白髭を揉《も》んだ。

「より正確には、ただなおすだけの力ではない。それでは治癒《ちゆ》魔術の上位互換《ごかん》だが、そんな単純な能力ではないのだ。……よいか、聖女の力は奇跡《きせき》の力。それは即《すなわ》ち、全てを『望んだ状態に戻す』奇跡である。故に、怪我人《けがにん》や病人に力を使えば健康な状態に。壊《こわ》れた道具に使えば機能を取り戻した状態に。そして空間に使えば……」

「まさか、異空間を元の空間に戻せるとでも？　なんてこった。聖女の力ってなんでもありなのかい……」

リンジーさんは呆《あき》れたように声を漏らす。

同時、大賢者様の体が薄《うす》れてきた。

「頃合いだな。儂は所詮、二百年前の影にすぎぬ。この助言も今限りのもの。……当代の聖女よ、どうか頼《たの》むぞ。二百年前、儂らは聖女の力を正確に理解できていなかった故、苦戦を強《し》いられた。だが今は……」

「私が大賢者様に、それらを教えてもらえました」

「そうだ。我《わ》が子孫や王子と同様、あの世で見守っているぞ。聖女よ……」

そう言い残し、大賢者様は今度こそ光の粒《つぶ》になって消え去った。

伝説の魔族が現れて、異空間に閉じ込められて、二百年前の大賢者様と話をして……今日はびっくりすることばかりだ。

「でも、分かってよかった。私の力でアレックスを助けられるって分かって……！」

私は目を瞑《つぶ》って、人でも物でもなく、この空間自体のイメージを掴む。

これまでそういうことが私に『できる』って知らなかったからやらなかったけど、『できる』と知った今なら話は別だ。

……赤い結晶で覆《おお》われている空間内は、不思議とイメージの中では真っ黒な霧《きり》に覆われていた。

怪我《けが》を治す、病を癒《い》やす、魔導書を修復する。

これらの時だって黒いものを私の魔力で押《お》し流して、砕けば成功した。

つまりはこの空間に満ちた、黒い霧だって……！

「くっ……！　やぁぁぁぁぁぁぁっ！」

私は体から魔力を発して、空間へと発散させるイメージで力を行使した。

途端、黒い霧は私の魔力で遥《はる》か彼方《かなた》へ押し流されていき、どんどん薄くなっていく。

「これは……⁉　この光、ティアラか？　異空間を埋《う》め尽《つ》くすほどの光量とは……！」

「これまでティアラの力は人や物体へ正確に作用していたから、空間へ逃《に》げる魔力のロス分の光を全然発さなかったけれども。本気で空間へと魔力を解き放ったら、こんな馬鹿げた魔力量になるのかい！　この光、まるで太陽だ……！」

アレックスとリンジーさんが私を見守る最中、バァルも動きを止めて固まった。

「チッ……！　忌々《いまいま》しい、聖女の放つ聖なる光！　この時代の聖女、ここまで力を覚醒《かくせい》させていたか……！」

バァルが狼狽《うろた》えた途端、空間にビシリと亀裂《きれつ》が走った。

それはどんどん拡大して、空間がガラス細工のように崩《くず》れていく。

「馬鹿な……我の、我だけの空間が！　あのような小娘如《こむすめごと》きに……！」

異空間は最後に、黒い霧と一緒に綺麗《きれい》に消え去り、私たちは元の場所に戻ってきていた。

「……！　周りに建物も見える、よかった。王都に帰ってきた……！」

「ティアラ！」

力を使いすぎてふらつくと、リンジーさんが支えてくれた。

空間へと魔力を放って力を使う、なんて大それたことをした経験はもちろんなかった。

だからこそ、疲労《ひろう》感が今までにないほど強い。

体中が鉛《なまり》のように重く、帝国の宮廷《きゅうてい》で仕事をしていた時よりも酷い。

でも……あの時と違うのは、確かな満足感が胸の中にあるということ。

——アレックスの力になれたって、確かな思いがここにある！

「ティアラ……！　大丈夫か！」

不安げにこちらに駆《か》け寄ってきたアレックスは、開けっ放しだった窓から顔を出す。

私は彼が安心するように「ぐっ」と親指を立ててみせた。

「あとは、お願いね……！」

「ああ。……ああ、任せろ！」

それからアレックスはバァルへと振り返り、とても低い、怒気《どき》さえ感じさせる声で、

「貴様、よくもティアラに力を使わせたな。あれは使用者に強い反動を与《あた》えるものだ。彼女《かのじょ》は今、酷く苦しんでいる。……生きて返さんぞ、魔族風情《ふぜい》が！」

『グオオオオオオオオオッ！』

さらに空から咆哮《ほうこう》が轟《とどろ》き、漆黒《しっこく》の竜《りゅう》がアレックスの傍らに着陸する。

アレックスの護《まも》り竜にして兄弟分のデミスだ。

彼の怒りに呼応して、デミスも大きく唸《うな》り声を上げている。

また、今日のデミスは先日と違い、二振りの剣を鞘ごと咥《くわ》えていた。

さっき異空間に引きずり込まれる前、アレックスが吹いた笛はデミスを呼んだもので間違いない。

ならあの笛の音にあった抑揚は？

アレックスの「準備の時間を考えても、そろそろ持ってくる頃合いだ」という言葉の意味は？

……間違いなく、あの二本の剣についてだ。

アレックスは待っていたのだ。

デミスがあの二本の剣を咥え、飛んでくるこの瞬間を。

アレックスはデミスの背に乗り、受け取った二本の剣を腰《こし》ベルトに差し、柄に手をかけた。

「ありがとうティアラ。俺と師匠だけだったら、恐らくあの異空間から出られなかった。これは全部、ティアラのお陰《かげ》だ。だから……！」

アレックスは剣を引き抜く。

左手には白剣を、右手には黒剣を、それぞれ構えてバァルと対峙する。

その時、私の脳裏《のうり》には、エクバルト王国に来たばかりの頃の記憶《きおく》が蘇《よみがえ》った。

王の間に通じる大扉《とびら》、その前でアレックスが説明してくれた言葉。

——左の白い剣は民を守る剣、右の黒い剣は魔を払《はら》う剣。

王家の紋章《もんしょう》にもあった二本の剣は、実在していたのだ。

アレックスは剣を交差させるように構え、デミスの上からバァルへ言い放った。

「俺は必ず、貴様を斬る！　我が王家に伝わりし、天神より賜《たまわ》った二振りの聖剣。果たして貴様に受けきれるか？」

「……この男！　二本の聖剣すら所持していたとは。二百年前の再現か……！」

バァルは忌々しげに唸りながら、得物であるハルバードを握りしめる。

私はリンジーさんに支えられながら、アレックスの戦いを見届ける。

王家の紋章と同じ剣を構えたアレックスは、正に王国の未来を背負うに相応《ふさわ》しい気迫《きはく》を宿し……

そして、伝説の勇者の風格を身に纏っているように見えた。

もしかしたらバァルも、かつて戦った勇者の姿をアレックスと重ねているのかもしれない。

「魔族よ、ここからが本当の勝負だ。竜騎士の力、見せつけてくれる！」

「人間風情が……！　武器を得た程度で調子に乗るなッ！」

バァルは深紅の槍を次々に生成し、宙に浮かせて放つ。

だが……。

「デミス！」

『ウオオオオオオッ！』

デミスが喉奥から放った灼熱《しやくねつ》の嵐《あらし》、即ちブレスで、それらは焼け落ちてしまった。

そのままデミスはアレックスを乗せたまま飛翔し、バァルへ向かう。

「寄るな、下等種族めが……来るなァッ！」

バァルは次々に槍の雨を放っていくが、デミスは全てを避けてバァルに肉薄する。

「ク、ウウッ……！」

バァルは大きく跳躍して宙へ逃れるが、デミスも翼《つばさ》をはためかせてすかさず追う。

そうしてデミスの背にいるアレックスが、バァルと同じ高さとなった時。

アレックスは二本の聖剣をバァルへ向かわせた。

「覚悟《かくご》しろ——剣舞《けんぶ》！」

そのままアレックスが繰り出したのは、舞《まい》のようにも見える剣戟の嵐。

白と黒の剣が目にも止まらぬ速さで攻《せ》めを入れ替《か》え、輝ける斬撃《ざんげき》を舞踏《ぶとう》のように回りながら繋《つな》いでいく。

聖剣から光が散って、空に光の華《はな》が咲《さ》いているようだ。

前にアレックスは言っていた。

年の始まりには、王の剣舞を天神に捧《ささ》げる習わしもあると。

孤児院《こじいん》の子供はせがんでいた。

王子！　また剣舞を見せて！　と。

今まで、剣舞がどんなものなのか気になっていたけれど……。

「これが王家に伝わる剣舞……！」

敵は魔族で、私たちはとんでもない奴と戦っている。

だからこの表現でいいのか、寧ろ不謹慎《ふきんしん》じゃないかなって思う。

でも、こう呟かずにはいられなかった。

「綺麗……！」

「……そうだね。あの脱走王子にしては、綺麗な舞だ」

私とリンジーさんが見守る中、アレックスはデミスの背の上で聖剣を振るい続けていたが、遂《つい》に手を止めた。

その時にはもう、バァルの鎧は全身が崩れ落ち、纏っていた炎のような魔力も消えかかっていた。

「馬鹿な……せっかく自由となった我が身が、あのような契約のせいで……。何より我が異空間を完全に破壊し尽くすほどの聖女とは。あの程度の贄では、釣《つ》り合いが全く取れは……！」

「何を言っているのか知らんが、貴様の敗因は明白だ。……ティアラを狙《ねら》ってこの王国に来たこと。ただそれだけだ！」

アレックスが最後の一撃を放つ。

白と黒の聖剣を同時に振るった一撃で、バァルは霧散《むさん》し、炎が消えるように消滅《しょうめつ》した。

同時、空を覆っていた重たい雲が晴れ、太陽と青空が戻ってくる。

穏《おだ》やかな陽気を取り戻した王都は、既に昼下がりだった。

アレックスはデミスと一緒に石畳《いしだたみ》の上に降りて、こちらに手を振っている。

私もアレックスに手を振り返すと……異空間を元に戻すほど魔力を使ったせいで、お腹《なか》が小さく鳴ってしまった。

魔力は人間の生命力なので、使いすぎるとお腹が減るのだ。

「……昼食、どうしようかな」

「ティアラ、やっぱりあんたもアレックスに負けないくらいに豪胆《ごうたん》な子だね……」

笑顔《えがお》で呆れるリンジーさんはそう言い、ふらふらの私をソファーに寝《ね》かせてくれた。

エピローグ　飛竜競《ひりゅうけい》

快晴の空の下、エクバルト王国の王都から離《はな》れた地、フィリス渓谷《けいこく》にて。

私は渓谷の際《きわ》の客席にて、岩山を穿《うが》ち、くり貫《ぬ》いたかのような渓谷の景色を眺《なが》めていた。

とても深い渓谷の際であるというのに、周囲は人々で賑《にぎ》わい、軽食の売り子も「いかがですかー?」と呼びかけながら歩き回っている。

「リンジーさん、遅《おそ》いなぁ。本当に来るのかな」

私がいるのはずらりと並んだ客席の一番端《はし》だ。

今日はここでリンジーさんと待ち合わせをしているので、時間的にはそろそろ来る頃《ころ》だと思うけれど……。

――アレックスは、リンジーさんは人混《ひとご》みが嫌《きら》いって言っていたけれど、まさか自分から言い出した約束を蹴《け》ったりはしないよね……?

というより、リンジーさんが来なかったら今日は私一人になってしまう。

初めて来た場所で一人だと困るなぁ……。

そんなことを考えていると、息を切らせながら「ティ、ティアラ……!」と呼ぶ声が聞こえた。

振《ふ》り向くと、ヘロヘロになったリンジーさんがやって来ていた。

「リンジーさん！　来てくれたんですね」

「そりゃ来るさ。弟子《でし》の晴れ舞台《ぶたい》だし、ティアラもいるしね。ただ……人が多すぎて、ここに辿《たど》り着くのに苦労したよ……。全く、王国民もお祭り騒《さわ》ぎが好きで困る」

リンジーさんは私の隣《となり》の席にストンと座《すわ》った。

「……しっかし、王国の伝統とはいえ、今日に至るまで早かったね。あの魔《ま》族《ぞく》を倒《たお》してからあっという間だったよ」

「ですね。……本当、あっという間でした」

私はリンジーさんの言った、今日に至るまでの間を思い返していった。

それはちょうど、魔族バァルを倒した後からのことで……。

❁

「王子！　アレックス王子！」

「むっ、テオか」

バァルを倒した後、アレックスは白と黒の聖剣《せいけん》を鞘《さや》に戻《もど》していた。

その時、空から竜に乗ったテオや、他にも竜騎士《きし》が二騎やって来たのだ。

リンジーさんのお店の前がそれなりに開けていてよかったと思っていると、竜騎士たちは竜から降りてアレックスの前で片膝《かたひざ》を突《つ》いて伏《ふ》せた。

「申し訳ございません！　王子とその周囲の様子から、既《すで》に戦闘《せんとう》は終わってしまったものと存じます。以前の黒鷲襲来《くろわししゅうらい》時と同様、駆《か》けつけるのが遅《おく》れ、大変不甲斐《ふがい》な……」

「よせ、テオ。護衛を付けず自由に動き回っているのは俺《おれ》だ。テオたちが遅れたのも仕方がない。それにデミスの様子を見るに、置いて行かれたのだろう？」

アレックスがデミスを撫《な》でると、デミスは『ウルルル……』と喉《のど》を鳴らした。

テオは「……左様でございます」と続ける。

「王子の笛の音を聞いたようで、眠《ねむ》っていたデミスが突然咆哮《とつぜんほうこう》を上げたのです。その咆哮の抑揚《よくよう》があらかじめ教え込んでいた、王子の危機と聖剣の持ち出しを報《しら》せるものだったので、そのままクリフォード陛下からお許しをいただき、急ぎ宝物庫より聖剣を持ち出したのですが……」

「デミスが二本とも咥《くわ》えて先に飛んでしまったと」

「……さらにデミスの翼《つばさ》に追いつける竜も現状ではおらず、このような有様で……」

「構わんさ。テオたちが父上に聖剣の持ち出しを頼《たの》んでくれなければ危なかった。よく仕事を果たしてくれたたな」

——デミスはアレックスの言葉を理解できるって聞いたけれど、本当に頭のいい竜なんだね。話を聞く限りでは、ここに来るまでにデミスも相当に活躍《かつやく》してくれたようだった。

「そしてアレックス王子。僭越《せんえつ》ながら、この場で何があったかお聞きしても？」

「もちろんだ。師匠《ししょう》もこっちに来て一緒《いっしょ》に説明してくれ。ティアラは寝《ね》かせたままで構わない」

「……って、脱走《だっそう》王子はこっちに言っているけど、どうする？」

リンジーさんの声に、私はソファーから起き上がった。

「一応、私も行きます。一緒にいた身ですから」

疲労感《ひろう》はあるけれど、動けないほどじゃないのだから。

店から出ると、アレックスが心配そうにしていた。

「ティアラ、まだ寝ていてもいいんだぞ。話くらい、俺と師匠でできるから」

「ありがとう。でもいいの、私が来たかっただけだから」

それから私たち三人はテオたちに事情を説明した。

魔族バァルの復活、異空間へ閉じ込められたことに、私の力など。

「……本当、バァルの奴《やつ》が私たちを異空間に閉じ込めてくれて助かったよ。向こうからすれば、アレックスの足場になっていた建物を排除《はいじょ》したかったんだろうけどさ。奴が王都の中で普通《ふつう》に暴れ回っていたら、ここら一帯は瓦礫《がれき》の山に変わっていたね」

リンジーさんが補足するように話すと、テオたち竜騎士はごくりと喉を鳴らした。

「そうでしたか……しかし、ティアラ様がいてくださって助かりました。帝国《ていこく》の聖女様のお力は伊達《だて》ではありませんね」

「いえいえ、実際に戦ったのはアレックスですから。魔族の方も、アレックスが強すぎて焦《あせ》っていましたもん」

「それでもティアラがいなかったらどうしようもなかったのも事実だ。あの異空間から戻ってこられた保証もないし、そう謙遜《けんそん》することもないさ」

「そう……かな」

アレックスから褒《ほ》められて、私はちょっとだけ照れてしまった。

「……ちょいちょい、あんたたち。そうやって話し込むのはいいけど、私としては一番気になるのはこいつらなんだけど」

リンジーさんが指した先には、倒れている人たちがいた。

数は十二人で、彼《かれ》らは先ほど、バァルが倒れた場所から現れたのだ。

まるで小さくなって、体の中に納まっていたかのように。

全員意識を失っているけれど、胸が上下しているので命はある。

そして私の見間違《みまちが》いでなければ、その中の一人はレリス帝国のエイベル公爵《こうしやく》だ。

それにその傍《かたわ》らで横になっているのは……。

「この男、輝星《きせい》教会のバルト枢機卿《すうききよう》か。このような大物が何故《なぜ》魔族の中から……ん？」

アレックスはしゃがみ込み、倒れているバルト枢機卿の手を見つめた。

するとそこには、小さな魔法陣《じん》が刻まれていた。

「契約《けいやく》の魔法陣か。それも古く強力で、各国でも禁止されている魔導式のもの。大方、魔族の言っていた契約とやらはこれのことだな。……師匠、封印《ふういん》中の魔族の半分ほどは、確か輝星教会が管理していたな？」

「そうだね。立場と契約の魔法陣からしても、恐《おそ》らく魔族解放の下手人はこいつだと思うよ」

「同感だ。しかもバァルの魔力がバルトの体に強く残っているのが俺の目にはしっかりと映っている。こんなにもはっきりとした魔力は、奴と契約でもしなければ残るまい」

アレックスはテオたちにバルト枢機卿の捕縛《ほばく》を命じ、エイベル公爵も体から感じる魔力にバァルのものが残っているとして、監禁《かんきん》を命じた。

「輝星教会の枢機卿と他国の大貴族といえど、魔族の手で我《わ》が国を危機に陥《おとしい》れかけたとなれば放置できないからな。……師匠、そこに転がっている十人についてはどう見る？」

「多分、魔族と契約するための生贄《いけにえ》とかじゃないかね。魔族と悪党が好みそうな手法だ」

「ふむ……。枢機卿や公爵と違い、彼らにはバァルの魔力がこびりついていない。これは生贄として巻き込まれたと見るべきか。ならば彼らの方は丁重《ていちょう》に保護する必要があるな」

そこからアレックスや竜騎士たちの動きは素早《すばや》く、周辺の封鎖《ふうさ》やエイベル公爵とバルト枢機卿の捕縛、連行などを進めていった。

けれど、アレックスがデミスに乗り、空中でバァルを倒した姿は当然ながら周囲の住民たちに見られていたわけで……。

それが後で、私やリンジーさんがフィリス渓谷に来たことに繋《つな》がってくるのだ。

❀

「……あれから数日経《た》って、アレックスから聞いたんですけど。調べた結果、バルト枢機卿とエイベル公爵が共謀《きょうぼう》して私を宮廷《きゅうてい》から追い出そうと画策したんだそうです。私の悪い噂《うわさ》も、バルト枢機卿から相談を受けたエイベル公爵が流したものだって」

今となっては「偽《にせ》聖女」「力は偽《いつわ》り」といった噂の真相が分かってすっきりした思いだった。

「……バルト枢機卿は輝星教会の利益のため、エイベル公爵は自分の家のために。最初は平民嫌《ぎら》いのイザベル姫《ひめ》が画策したのかなって思っていたんですが、真相はもっと深いところにあったみたいです。イザベル姫でさえ、エイベル公爵たちに上手《うま》く利用されていたのだとか」

渓谷の空を眺めながら、私はリンジーさんにそう話した。

……こうして王国で楽しく暮らせているからこそ、落ち着いて話せると、私は感じていた。

「でも、噂じゃ二人とも失脚《しっきゃく》したんだろう？　王国に魔族がやってきた件で、クリフォード陛下が直々に帝国まで出向いて、公爵と枢機卿の悪事を暴露《ばくろ》して……。エクバルト王国は剣と竜の国、竜の炎《ほのお》に焼かれたい輩《やから》はいないだろうからね。けじめって名目の見せしめとして、向こうの皇帝《こうてい》の命令でエイベルは爵位の剥奪《はくだつ》、バルトは教皇の怒《いか》りを買って教会から除名された。さらに帝国の姫……ええと、誰《だれ》だったか」

「イザベル姫ですか？」

「そう、そいつだって宮廷を追われて、離宮《りきゅう》に送られたって話じゃないか。聖女を宮廷から追い出した張本人なんだから、民《たみ》の怒りをなだめるためにも仕方がないけどさ。いい気味だと私は思うね。やらかして離宮に置かれた姫君なんて、誰も見向きはしないだろうから」

リンジーさんは軽く言うものの、実際に帝国では怒《おこ》った民が暴動寸前までいったらしい。

まさか私がいなくなったくらいで……と思ったものの、意外と影響《えいきょう》は大きかったようだ。

頼まれれば誰でも治していたし、あの頃は聖女だからと気張っていたけれど、まさかそこまで『聖女』という存在が帝国民から慕《した》われていたとは思わなかった。

他にもアレックス曰《いわ》く、私の力が無意識のうちに周囲へ影響を与《あた》えていた、とのことだった。

ただし影響については詳《くわ》しく聞いても、曖昧《あいまい》にはぐらかされてしまっていた。

それでもと食い下がって聞けば「きっとティアラが知ったら無駄《むだ》に気負う。もうティアラには関係ないし、帝国の王族と貴族の浅慮《せんりょ》が原因なんだから気にしなくていい」といった返事をされた。

そこでようやく、アレックスが私を気遣《きづか》って曖昧な返事を続けていたのが分かったので、私はそれ以降、同じ話題は出さないようにしている。

ともかく海の向こうのレリス帝国では、私がいなくなって王族や貴族、それに輝星教会の方々が相当に困っている……らしい。

それについては自業自得かな、というのが私の思いだった。

アレックスは私を気遣って動いてくれているので、それを無下にして帝国に戻ろうとも思わない。

私はこのエクバルト王国で、アレックスやリンジーさんたちと一緒に、第二の人生をこれからも穏《おだ》やかに歩んでいくつもりなのだから。

……そんなふうに考えていた時、周囲の人たちが立ち止まり、ざわざわと話し始めたと気付いた。

「おい、見ろよ！」

「あのお方は、まさか……！」

「いやいや、そんなそんな。こんなところにいるはずないだろ、見間違いだよきっと……」

気になって声のした方を向けば、リンジーさんは「ほう」と笑《え》みを浮《う》かべた。

「これはソフィア様。まさかあなたもここにいらっしゃるとは。王族は専用の席があるのでは？」

「久しいですね、リンジーさん。ここにあなたとティアラさんがいると聞いて、思わず来てしまいました」

「ソフィア様……！」

突然現れたソフィア様に、私は反射的に立ち上がった。

周囲の人たちが驚《おどろ》いていたわけだと、同時に納得《なっとく》する。

「立たなくていいのよ。今日は私も、あなたたちと同じ目的だもの。隣、いいかしら？」

「もちろん、大丈夫《だいじょうぶ》です」

ソフィア様は私の隣にちょこんと座った。

すると周囲の人たちは「お、恐れ多い……」と、遠巻きに距離《きょり》を取る。

「ははっ。ソフィア様が来ると人が捌《さば》けてありがたいね」

「リンジーさんは相変わらずですね。こうしてお会いするのは四年振《ぶ》りでしょうか？」

「アレックスが帝国に行く前に会ったのが最後だったかと。あの脱走王子、遂《つい》に帝国に脱走かい！　……なんて冗談《じょうだん》を言ったのも覚えていますとも」

「ふふふっ、そうでしたね。あの時はとても笑ってしまいました」

……と、ソフィア様とリンジーさんが談笑《だんしょう》している最中。

渓谷各所に設置されている、声を拡張する魔道具から、大音声が放たれた。

「フィリス渓谷にお集まりの皆様《みなさま》！　大変お待たせいたしました！　本日開催《かいさい》される飛竜競の準備が間もなく整いますので、ご着席いただきますようお願いいたします！」

「おっ、遂に始まるね」

リンジーさんが身を乗り出して渓谷を見る。

……そう、私たちや大勢の方々がここに集まった理由。

それは……。

「きゃーっ！　アレックス王子よ！」

「相棒の黒竜に乗っているぞ！」

「マジでかっこいいな……！　まるで勇者様だ！」

……アレックスの出走する飛竜競を、皆《みな》で見に来たのだ。

アレックスが魔族バァルを倒した現場は、さっき思い出したように、大勢の王国民が目にした。

そうなっては隠《かく》しようもなく、第一王子であるアレックスの活躍は一気に噂となって広まった。

王都に出た化け物はなんだったのか、王子は何と戦っていたのかと、真実を知りたいという声が殺到《さっとう》したのだ。

それを受け「ならばこの際、祝い事にしてしまえ。実際アレックスは魔族を討《う》ち取り国を救ったのだから」と言い出したのがクリフォード陛下だった。

しかもアレックスは城の騎士や使用人さんたちにも人気があったので、それはもう皆揃《そろ》って盛り上がった。

……そうして、魔族討伐《とうばつ》を祝って何をするかといった話になり……。

「祝い事といえば飛竜競だな。我が国ではめでたき日には各地で飛竜競が行われ、天神に捧《ささ》げる習わしだ。当然、今回は俺が出る」

と、明らかに飛竜競をやりたそうにしつつ、アレックスが言い出したのだ。

以前は飛竜競に反対していたテオたちも「最近はアレックス王子もよくデミスに乗っていますし、肩慣《かたな》らしも済んでいるかと」と賛同していた。

また、アレックスは日々魔導書の翻訳《ほんやく》作業を進めていたので、息抜《いきぬ》きもしたかったのだろう。

こうしてアレックスの念願だった飛竜競が、この王国で最も巨大《きょだい》な渓谷こと、フィリス渓谷で開催される運びになり……今日に至る。

渓谷の谷間、王子としての装《よそお》いのアレックスとデミスが先頭を飛んでいる。

さらに四騎の竜騎士たちがそれに続いて飛んでいく。

「コースの下見が済んだから、ああやって開始地点まで戻っているのさ。飛竜競は飛ぶ竜に乗って競《きそ》う、危険な競技だからね。開始前の下見は必ず行われるんだ」

リンジーさんの解説を聞いてから、私はアレックスに手を振ってみた。

周囲は大勢の人がいるし、こちらに気付くのは難しいかな……と思っていた。

けれどアレックスも客席を見ていたようで、私に向かって手を振ってくれた。

……ただし、その際。

「あっ……！　アレックス王子が手を振ってくれたわ！」

「あれは私に振ってくれたのよ！」

「いいやあたしよっ！」

周囲の女性たちが一気に盛り上がった。

流石《さすが》はイケメンの王子様、王国の女性たちからの人気は絶大だ。

アレックスの姿が見えなくなるまで歓声《かんせい》は響《ひび》き続け……そして、声が次第《しだい》に収まっていったころ。

騎士たちが私たちの正面に、薄《うす》く切り出された巨大な円形の魔法石を運んできた。

魔法石は台と繋がっており、台には様々な種類の魔法陣が刻み込まれていた。

「ソフィア様、これは？」

「素敵《すてき》な魔道具よ。これがあった方が飛竜競をより楽しめるかなって思って、準備してもらったの」

ソフィア様が頷《うなず》くと、騎士が台を操作し、魔法石に何かが映し出される。

そこにはデミスに乗って手綱《たづな》を握《にぎ》る、アレックスの姿があった。

「ほう、遠見の魔術と同様の力を持った魔道具ですか。これはいい、渓谷の裏に回っても脱走王子の雄姿《ゆうし》を見ることができますな」

「そういうこと。……二人とも、始まるわよ」

ソフィア様の言葉に続き、再度、会場各所の魔導具から賑やかな音楽と共に、声が響いた。

「皆様、大変お待たせいたしました！　第五百十回、エクバルト王国公式飛竜競！　アレックス王子も出場なさっている注目の一戦……開幕です！」

この場はあくまで式典などではなく、飛竜競であるためか。

はたまた今か今かと飛び立ちかけていた竜や、竜騎士たちを気遣ってのものなのか。

前置きは非常に短く……遂に飛竜競は始まった。

五騎の飛翔《ひしよう》と共に、会場はこれまで以上の歓声に包まれていく。

その歓声に応《こた》えるようにして、アレックスとデミスが一気に先頭へと飛び出した。

そのまま背後の竜騎士四騎を突き放し、さらに加速していく。

思い切り翼を広げて飛べることに、デミスは喜びの咆哮を上げているけれど……。

「デミス、結構飛ばしすぎじゃないかしら？」

「同感です。この渓谷のコースはおよそ十キルメルト。他のコースより長めですし、後半は失速する可能性もありますな」

ソフィア様とリンジーさんは不安そうに見つめている。

私も二人と同じ思いだった。

アレックスの後ろを付いて行く竜騎士たちは、明らかに竜の速度を抑《おさ》えている。竜の体力を温存しているのだ。

「この飛竜競は竜騎士が如何《いか》に竜を導くか、どれだけ竜の体力を残せるかが大きなポイントになる。アレックスの奴、デミスを自由に飛ばせているが、何を考えている……?」

「分かりません。でもアレックスにも考えがあるはずです。顔つきを見る限り、間違いなく本気ですから」

「……そうだね。あの脱走王子のお手並み拝見といこうじゃないか」

リンジーさんはそう言いつつ、口角が上がっていた。

きっと心の中ではわくわくしているのだろう。

アレックスがどのように飛竜競を進めていくのか。

……そしてレースはしばらく直線だったものの、途中《とちゅう》、遂に渓谷のカーブに入ろうとしていた。

この渓谷は楕円形《だえんけい》なので、急なカーブが二か所ある。

「あの二か所は狭《せま》くて、曲がりきるためにどうしても竜の速度が落ちる。そこからどう立て直すかも重要だが……」

リンジーさんの解説から、先頭を行くアレックスも当然デミスの速度を落とすものと考えていたけれど……。

「ア、アレックスの奴！　全然速度を落としていないじゃないか！」

「しかも先頭を飛ぶアレックスは、後続の竜騎士より速度が出ている状態です。これは……！」

デミスに速度を落とさせないアレックスに、リンジーさんたちだけでなく、周囲の観客たちも不安げにざわめき始めた。

「おいおい、あれ大丈夫なのかよ」

「曲がり切れずに岩壁《がんぺき》にぶつかるぞ……！」

「いいや、竜によっては曲がり切れるさ。でも乗っている人間は間違いなく振り落とされるぞ……！」

私も不安に思っていたものの、近くにいた誰かの言葉で一瞬《いっしゅん》「んっ」と考えた。

竜によっては曲がり切れる。

でも乗っている人間は間違いなく振り落とされる。

……この二点について、私は「あっ」と声を漏《も》らした。

そう、これらはあくまで『普通の人間』が基準になっているものだったからだ。

「……なるほど。私、アレックスの考えていること、ちょっとだけ分かりました」

「……奇遇《きぐう》ね、ティアラさん。私もよ」

「……あの脱走王子、まさか……」

私たち三人がアレックスの戦略になんとなく気付いた直後、デミスは急カーブに入った。

デミスは体を垂直に立て、岩肌《いわはだ》との接触《せっしょく》を避《さ》ける。

けれどその背にいるアレックスは、渓谷の狭いカーブ内の木々や張り出した岩に、体が触《ふ》れそうになっていた。

僅《わず》かでも当たったら大惨事《だいさんじ》は免《まぬが》れないのに、アレックスの前方に大きく張り出した岩が見える。

このままではデミスは飛び続けられても、アレックスがぶつかってしまう。

遠見の魔道具を覗《のぞ》く周囲の観客たちが、大惨事の予感に、手で目を覆《おお》い隠す最中……。

アレックスは不敵に笑っていた。

「……ハァッ！」

なんと、アレックスは気合いと共にデミスの背を蹴って、体を垂直に立てているデミスの首元に移動した。

そしてデミスの背中側が張り出した岩を通過した直後、背の鞍《くら》に素早く戻った。

「やっぱり何かすると思ったけど……⁉　あの脱走王子、なんて無茶な……！」

「……もう、あの子は……」

リンジーさんは絶句し、ソフィア様は盛大《せいだい》にため息をついた。

「よ、よかった……」

私も強張《こわば》っていた全身から力が抜ける思いだった。

アレックスなら無事に切り抜けると思っていたけれど、心配だったのは本当だ。

周囲の観客たちも魔道具に映ったアレックスを見て唖然《あぜん》としている。

「な、なあ。今のって……何？」

「普通は竜共々体勢を崩《くず》して真っ逆さまだぞ⁉」

「というかルール上、鞍から離れても問題ないのか⁉」

「……問題はない。飛竜競は竜騎士が竜から落ちた時点で失格だが、アレックス王子はあくまで竜の首元に移動しただけだ。あれだけ危なげなく移動を成功させれば、落下とは判断されない」

「流石は魔族を倒した英雄《えいゆう》ってところか……」

「飛竜競の歴史に残るぞ……」

周囲の人たちの反応は十人十色ながら、揃って胸を撫で下ろしている様子だった。

そして飛竜競の方は、アレックスの超絶技巧《ちょうぜつぎこう》によって凄《すさ》まじいことになっていた。

デミスが減速せずにカーブを曲がり切ったことで、後続との距離がとんでもなく離れたのだ。

彼の背後の竜騎士たち四騎は、当然ながらカーブに入る前に目に見えて減速していた。

元々アレックスとの距離が離れていた分、カーブを出るころには彼らの距離差は、後から加速しても届かないのではと感じるほどだった。

「あの脱走王子め。最初からこうするつもりでデミスを全力で飛ばしていたな？　こんなデタラメな状況《じょうきょう》になったら後続の竜騎士たちも、竜の体力を温存したって意味がない。後半に多少デミスが失速したところで、大差で逃《に》げ切り勝ちだろうよ」

「これは間違いなく新記録ですね……。でも後でお説教よ」

ソフィア様は拳《こぶし》を握りしめて、怖《こわ》い笑顔になっていた。

これはアレックスが私のことを何もソフィア様に話していなかったと発覚した時と同じだ。

私は心の中でアレックスに「ご愁傷様《しゅうしょうさま》」と言いつつ、後でソフィア様と一緒に「危ないことはしないように」と注意しようと決めた。

その後、アレックスは直線を飛ばし続けて次のカーブに入るものの、その時にはデミスが疲労で失速し始めていたのか、今度は危なげなく曲がり切る。

その末、他の竜騎士を突き放したままゴールに突っ込んだ。

文句なしの完勝。

アレックスが拳を振り上げると、観客たちが一斉《いっせい》に沸《わ》いた。

「決まったーッ！　第五百十回、エクバルト王国公式飛竜競を制したのはアレックス第一王子！　さらにタイムも歴代一のものが出ております！　完全に圧勝です！」

「うおおおおおおっ！　アレックス王子の勝利だ！」

「前に飛竜競に出たのって留学前だったよな？　それであの腕前《うでまえ》かよ……！」

周囲が立ち上がって騒ぐ中、ソフィア様はどこか残念そうに言った。

「ああ、こんなことならコリンも連れてくるべきだったわね……。あの子、ちょうど騎士学園の合宿と被《かぶ》っているからって、連れて来られなかったのだけれど……」

それはどうしようもないなと思いつつ、しかしアレックスが大好きなコリン王子のことだ。残念ながら後でむくれてしまうかもしれない。

「おっ、アレックス王子がこっちに飛んできたぞ！」

「なんだなんだ……？　もしや『鱗渡し《うろこわた》』か？」

「鱗渡し？」

――聞いたこともないけれど、これもエクバルト王国の伝統みたいなものなのかな？

アレックスは、デミスと一緒に観客席の方までやってくる。

デミスの翼で突風が巻き起こり、服がはためいた。

そしてアレックスは何かを手にして、デミスの背から飛び降りた。

周囲が注目する中、彼は私に右手を差し出してくる。

そこには一枚の鱗が載《の》っていた。

「黒い鱗……？　これってデミスの？」

「そうだ。栄《は》えある飛竜競の勝者となった、デミスの鱗だ。飛竜競はめでたき日に天神へ捧げるもの。だからこそ飛竜競で勝利した竜騎士は相棒の鱗を大切な誰かに渡し、これを見守っている天神へその者の幸せを願う習わしだ。留学前に、家族や師匠の分は願い終わっている。だから今回は、ティアラの幸せを願いたい。受け取ってくれるか？」

私は「ありがとう」とアレックスから一枚の鱗を受け取った。

意外とずっしりとしていて、つやつやしている。

鱗の感触《かんしょく》に驚いていると、アレックスは私へ手を向けた。

まるで、私を紹介《しょうかい》するかのようだ。

どうしたのかなと思えば、彼はそのまま周囲の観客たちに言った。

「皆《みんな》、この場に集まってくれてありがとう！　今回は俺が魔族を倒したという触れ込みで集まってくれたのだと思う。でも……俺だけじゃない。ここにいるティアラの力がなかったら、俺は魔族を倒せなかった。彼女《かのじょ》も王都を、王国を救うのに、大いに力を貸してくれた。だから……皆も祈《いの》ってほしい、彼女の幸せを。多くの苦難を超《こ》えてここにいる、彼女に幸多《さち》かれと！」

——い、いきなり！　そんなに堂々と何を？

驚いていると、アレックスの言葉に、周囲の人たちの歓声でまた沸《わ》いた。

「あのお方、もしや噂の聖女様か？　帝国から来たって話の！」

「ああ……帝国と教会に酷《ひど》いことされたって噂の……」

「今まで大変だった分、この王国で羽を伸《の》ばしてくだされ！」

……ちなみに、私が帝国の元聖女であるという噂は、アレックスが魔族を倒したのと同時に流れ

始めた。

既に王国中に話が広まっているので、アレックスも今更《いまさら》隠す必要はない、と判断したのだろう。

——こうなったら、萎縮《いしゅく》している方がおかしいかな。

私は手にした鱗を「えいっ！」と、皆にも見えるように思い切り掲《かか》げると、周囲の人たちは拍手《はくしゅ》を送ってくれた。

大勢の中、いい意味で騒ぎの中心になる経験は初めてだったので、私は楽しく感じていた。

何より……こんなに大勢の人がアレックスの呼びかけに応えて、私を思ってくれている。

それが私には、とても嬉《うれ》しかった。

——やっぱり私、この王国が好き。帝国を追い出された私を受け入れてくれたこの国が、アレックスのいるこの国が大好き。

私はこれからも、この王国で穏やかに過ごしていこうと、柔《やわ》らかな笑みを浮かべるアレックスを見つめていた。

番外編　聖女と魔道具店

エクバルト王国での生活は穏《おだ》やかで、アレックスを始めとして、王城の皆《みな》さんも私にとてもよくしてくれている。

治癒《ちゆ》の力を使うよう迫《せま》られることもなく、生活のほとんどが自由だといえる。

拘束《こうそく》ばかりだったレリス帝国《ていこく》での生活が嘘《うそ》のようだった。

とはいえ最近の私にはちょっとした、あるいは贅沢《ぜいたく》かもしれない悩《なや》みがあった。

というのも……。

「ティアラ、これを」

アレックスに渡《わた》された飴色《あめいろ》の革袋《かわぶくろ》を手にして、私は思わず後退《あとずさ》りそうになった。

理由はそう、革袋の口から小さく覗《のぞ》いている中身だった。

彼《かれ》から渡されたのはエクバルト王国で利用できる貨幣《かへい》だったのだ。

しかも中身の詰《つ》まった革袋はずっしりとしていて、結構な重さがある。

「ええと、アレックス。これは……？」

「見ての通り、お小遣《こづか》い……という言い方で正しいものか。ともかくティアラがこの王国で不自由しないようにと思ってさ。今更《いまさら》ながら、ティアラの手持ちは帝国の貨幣だけだっただろう？」

実際、アレックスの言う通りで私の手持ちは帝国で使える貨幣のみ。

だから彼の気遣《きづか》いはとてもありがたいのだけれど……。

――い、いいのかな。既《すで》に十分以上の衣食住を提供してもらっている上、タダでこんなにもらっちゃっても……⁉

正直、良心が咎《とが》める思いだ。

それに最近の悩みというのが、正にこういったものだった。

衣食住を始めとして、ただでお世話になりすぎではなかろうかと。

加えてお小遣いまで……しかもこんなにもらっては、申し訳ない。

「ティアラ、どうかしたのか？ そんなに思いつめた顔をして」

……どうやら顔に出てしまっていたらしい。

「その……私、アレックスたちから、もらいすぎかなって。綺麗《きれい》な服に、美味《おい》しい食べ物に、大きな部屋。それにお金までこんなに……」

するとアレックスは目を瞬《しばたた》かせた。

「なんだ、そんなことか」

「そんなことって……。でも本当、かなり申し訳ないよ」

「気にしないでほしい。そもそもティアラは俺《おれ》が帝国から連れてきたんだから。面倒《めんどう》を見るのは当たり前だし、逆に王家の人間が客人を蔑《ないがし》ろにしてみろ。末代までの恥《はじ》だ。何より俺がティアラにこうしてやりたいんだから、本当に気にしないでくれ」

アレックスはこともなげにそう言ってくれたけれど、それでも気になってしまうのが本音だ。

「でも……本当に何もしてないし……全然働いてないし……」

「お、おいおい、何もしてないってのは違《ちが》うだろう？　そんなにしょげないでくれよ。それに働きと言うなら、前に竜《りゆう》の骨折を治してくれたじゃないか。あれだけでもティアラの働きは十分以上だ。それこそこんな小遣いや衣食住なんて気にしなくていいほどに。……あの竜があのまま再起不能にでもなったら、被害額《ひがいがく》は莫大《ばくだい》なものになっていた。新しい竜を迎《むか》えても、すぐ任務に当たれるわけでもない。他の竜騎士《りゆうきし》たちの任務にも大いに影響《えいきよう》を及《およ》ぼしただろう」

「……そうなの？　竜って頭がいいから、すぐに言うことを聞いてくれるものだと思っていたけど」

アレックスはゆっくりと首を横に振《ふ》った。

「それがな、そうでもないんだよ。竜は確かに頭がいい。だが頭がいいからこそ、信頼《しんらい》できる相手の話しか聞かない。他の動物のように、ただ餌《えさ》で釣《つ》って言うことを聞かせて躾《しつ》ける、というのが難しいんだ。竜と竜騎士が絆《きずな》を結ぶにはそれなりの月日がかかる。だから竜騎士の言うことを聞いてくれる竜というのは貴重かつ、簡単に替《か》えの利《き》かない存在なんだ」

「なるほどね……」

人間だって得体の知れない相手の言うことは簡単に聞かない。

それは竜も同様なのだろう。

アレックスの騎竜であるデミスの頭のよさを思えば、彼の話には深く納得《なつとく》できた。

「だからティアラはそんなふうに諸々《もろもろ》を気にしなくていい。竜の治療費《ちりようひ》に、新たな竜の莫大な購入《こうにゆう》費《ひ》。さらにその竜の躾けや、出撃《しゆつげき》不能な竜騎士の穴を埋《う》めるためのやりくりの手間など。……それらを考えれば、ティアラにもっと金を払《はら》わなければならないのはこちらの方だ。いやはや、話していて思ったがもっと用意すべきだったな」

「いやいや。そんなことないよ……！」

――これ以上もらったら本当に困っちゃうし！

何より善意でやったことに対して多額のお金をもらっては悪い気がする。

あの時は苦しそうな竜を放《ほう》っておけず、アレックスたちの助けになれたらいいと思っただけだったから。

私はそこまで考えてから「よし」と一つ頷《うなず》いた。

「アレックスの気持ちは嬉《うれ》しいよ。でも、このまま何もせずお世話になっていても悪いもの。……決めた。私、このお城の中で手伝えそうなことを探してみる！　せめてちょっとは働かないとね！」

「うーん……そうか。殊勝《しゆしよう》な心《こころ》掛《が》けではあるし、ティアラがそう言うなら止めないが……。難しいかもしれないぞ？」

アレックスはどこか微妙《びみよう》そうというか、なんとも言えなさそうな表情になる。

そこで「どういうこと？」と聞いてみるけれど、彼は苦笑《くしよう》するばかりだった。

……それから私は、手伝えることを探すべく、王城の中を回っていったのだけれど……。

やがてアレックスの苦笑の意味を知ることになった。

＊

城の中は部屋だけでなく、通路も埃《ほこり》一つなく綺麗に掃除《そうじ》され、清められている。

両脇《りょうわき》に並び立つ、彫刻《ちょうこく》のように精緻《せいち》な意匠《いしょう》の彫《ほ》られた柱は白く輝《かがや》き、通路に敷《し》かれたカーペットには染《し》み一つない。

窓も綺麗に磨《みが》かれており、青空から差し込《こ》む陽光が城内を明るく照らしている。

改めて見れば、この王城がどれだけ大切に手入れされてきたのかよく分かる。

それはとてもいいことだけれど、逆に言えばその辺りの雑務は、私の手伝える余地がないことを示していた。

「こんなに大きなお城なんだから。私にも手伝える仕事はあると思うんだけど……あっ」

視界の端《はし》、ふと窓から見えた光景に足が止まった。

窓の外にある王城の庭園では、蝶《ちょう》が舞《ま》い色とりどりの花々が咲《さ》き誇《ほこ》っている。

さらに木々を切り揃《そろ》えているのは、王城の庭園を整えている庭師さんだった。

——庭園は結構広いし、一人だときっと大変よね。もしかしたら私にも手伝えることがあるかも。

思い返せば帝国貴族の令嬢《れいじょう》の方々は外出した際、風で衣服に砂埃《すなぼこり》が付くだけでも大騒《おおさわ》ぎして、私に払い落とすよう言ってきた。

私は元々田舎娘《いなかむすめ》なので、土や草木を触《さわ》ることに抵抗《ていこう》はない。

虫は少し苦手だけれど、うん。

別に大騒ぎするほどでもない。

なので要領さえ掴《つか》めれば手伝えるかなと思い、私は急いで庭園に向かった。

それから「あの、何かお手伝いできることはありませんか」と話しかけてみたところ。

……初老の庭師さんは岩のように固まってしまい、直後に震《ふる》え出した。

「せ、聖女様にこのような雑用をやっていただくなど……？　そのようなことをすればこの老骨、天神から罰《ばつ》せられてしまいます！」

「いえ、決してそんなことは……。寧《むし》ろ今の生活では私が神様から罰されそうな気が……」

「滅相《めっそう》もございません！　アレックス王子と共に魔族を退けてくださった聖女様が、天神から罰せられるなどと。天地がひっくり返ってもあり得ませぬ！」

さらに庭師さんは「ささ、聖女様は城内にお戻《もど》りくださいｌ。本日は日差しも強いですから、綺麗な肌《はだ》が焼けてしまいます」と私を王城へ戻るよう促《うなが》してきた。

ここまで頑《かたく》なに断られてしまった以上、粘《ねば》って長居するのも野暮《やぼ》だろう。

庭師さんも困ってしまうに違いない。

私は「すみません、失礼しました……！」と足早にその場を去ることにした。

＊

王城の中へと戻ったものの、私はまだ諦《あきら》めてはいなかった。

「……うん。よく考えたら素人《しろうと》が綺麗な庭園を弄《いじ》るのはよくないものね。でも……！」

——こうなったら次！　私の力を役立てられる方面で探してみよう。

そうなれば医務室だろうか。

あそこなら私の治癒の力も役立てられるはず。

あの力は使えば強い疲労《ひろう》感を伴《ともな》うものだけれど、魔族襲来《しゅうらい》以降は全然使っていない。

今なら万全《ばんぜん》の状態で力を使える。

私はアレックスに王城を案内してもらった時の記憶《きおく》を掘《ほ》り返し、医務室へと向かった。

外からの怪我人《けがにん》、特に負傷の多い竜騎士を運びやすいようにとの配慮《はいりよ》で、医務室は王城の一階にあった。

私は扉《とびら》を数度ノックし「どうぞ」という返事を聞いて中に入る。

医務室の壁際《かべぎわ》には棚《たな》がずらりと立ち並び、その中には魔導薬と思《おぼ》しきものが瓶《びん》に入って綺麗に収められていた。

幸い奥《おく》のベッドには、誰《だれ》も寝《ね》ていないようだ。

また、部屋の中は魔術用の触媒《しょくばい》特有の、鼻へ抜《ぬ》けるような香《かお》りがした。

そんな香りの大本の触媒を器《うつわ》に入れて細かく砕《くだ》いているのは、一人の若い治癒術師だった。

城内でも何度か顔を見たことがある。

彼はきっと城勤めの治癒術師なのだろう。

細面《ほそおもて》の彼は「どなたでしょうか」と気怠《けだる》げに顔を上げると、途端《とたん》に「ええっ？」と目を見開いて立ち上がり、背筋を伸《の》ばした。

「これは聖女様！　本日は一体、どのような御用《ごよう》向きでしょうか！」

治癒術師さんは声を硬《かた》くして、分かりやすく緊張《きんちょう》していた。

こうも強張《こわば》られてはこちらまで緊張してしまう。

――それに私はもう帝国の聖女じゃないんだけれど……。

とはいえ、これについてはもう今更だろうか。

魔族を退けた一件以来、城内での私の通称《つうしょう》は聖女様になってしまったのだから。

ひとまず話を促そうと、私は「こほん」と小さく咳払《せきばら》いした。

……すると。

「ひっ……⁉　も、申し訳ございませんっ！　な、何かお気に障《さわ》るようなことをしてしまったでしょうか⁉　もしくはこの部屋に満ちる臭《にお》いが原因でしょうか⁉　すぐに換気《かんき》いたしますのでご容赦《ようしゃ》を……！」

咳払いが不満げなものに感じたのか、治癒術師さんは狼狽《ろうばい》して、両手をあわあわと動かし始めた。

「落ち着いてください、臭いも大丈夫《だいじょうぶ》ですから。実はその……今日はお願いがあって来たのです」

「お、お願いですか？　……聖女様が、僕《ぼく》のような一介《いっかい》の治癒術師に？」

治癒術師さんは自分自身を指差し、驚《おどろ》いた面持《おもも》ちで固まった。

「私、この城内で何かお手伝いできることはないか探しているんです。もしよろしければ、ここのお手伝いをさせてはいただけませんか？　たとえば怪我人が来たら私の力で治癒など……」

「お許しください聖女様っ！」

治癒術師さんは食い気味に言い、机に両手を付き、ドスン！　と頭を下げた。

机に載《の》っていた触媒が一瞬《いっしゅん》浮き上がるほどの勢いだった。

「力を使って怪我人の治癒など……いいえ！　我ら城勤めの治癒術師のみで十分でございます！　外に出ていますが、他の者もおります故《ゆえ》に……！　何よりそのお力、聖女様に強い疲労を強《し》いるものとアレックス王子からお聞きしております。何卒《なにとぞ》ご自愛くださいませ……！」

「えっ、アレックスから？」

治癒術師さんは顔を上げて神妙《しんみよう》な表情となった。

「はい。アレックス王子は我らに聖女様のお力についてお話ししてくださった後、次のように仰《おつしや》っていました。『今の話を聞き、ティアラに力の使用を強いるような輩《やから》はいないと思うが。だが万が一、強いたならば……分かっているな？』……と。温厚《おんこう》な王子にしては珍《めずら》しく、特に最後の方は圧力の籠《こ》もった低い声で……！　しかも様子からして無意識と思われますが、愛剣《あいけん》の柄《つか》に軽く手をかけながらです……！」

「……そうだったんですね……」

アレックスは私を気遣って言ってくれたのだろう。

帝国の宮廷《きゆうてい》での私の扱《あつか》いを知っていたからこそ。

そう思うと心が温まるように感じるものの、気になる点があった。

――アレックス、その時は一体どんな様子だったんだろう。今の話だと説明ってより、完全に脅《おど》しみたいなイメージなんだけど……。

彼が城勤めの方を脅すような人じゃないのは分かっているけれど、それでも気になってしまった。

そうやって諸々考えている間にも、治癒術師さんは話を続ける。

「聖女様、あなたはアレックス王子の大切な方にして、少々おかしな言い方かもしれませんが、最《も》早逆鱗《はやげきりん》でございます。聖女様がこの医務室にて治癒の力を使ったが最後、我々が強いた行為《こうい》でなかったとしても、アレックス王子になんと言われるか……！　……普段《ふだん》温厚な方ほど、怒《おこ》らせた時は恐《おそ》ろしい。聖女様もそうは思いませんか？」

「それは確かにそうですが……」

――うーん……。この人はアレックスの言いつけを守ろうと必死なだけ。アレックスにも治癒術師さんにも悪気はないんだから、ここは私が引き下がった方が丸く収まりそうかな。

それから私は「分かりました。お忙《いそが》しいところ失礼しました」と小さく頭を下げて医務室を出た。

去り際、治癒術師さんが「お許しください、聖女様……！　そしてありがとうございます……！」と私を拝んでいるのが扉の隙間《すきま》から見えた。

……治癒術師さんへ私について話した際のことを、今度それとなくアレックスに聞いてみよう。

＊

治癒術師さんに断られた後も、私はまだ諦めてはいなかった。

「医務室もダメだったけど、まだ何かあるはず……！　だってこんなに大きなお城だもの……！」

そうして唸《うな》ってみることしばらく。

こうなったら最後の手だと、常日頃《つねひごろ》からお世話になっているエトナさんに聞いてみようと思い至った。

「確かエトナさんは今の時間帯だと……」

城の西側を掃除している頃合いだろうか。

私の部屋も西側にあって、以前その時間帯に部屋にいた時、エトナさんが掃除にやって来たのを思い出す。

そのまま自室のある方へ戻ってみると、案の定、掃除をしているエトナさんと会った。

「ティアラ様。どうかされたのですか？」

「はい。実はエトナさんに相談があって、探していたんです」

「ご相談……ですか？　私にもできることならよいのですが、大したお返事はできないかもしれません。それでもよろしければ」

それから私はエトナさんに事情を話した。

現状の生活ではまずいと感じ、王城内で手伝えることがないか探していると。

エトナさんは最初こそ笑《え》みを浮かべて聞いてくれたけれど、途中《とちゅう》から何か考え込むような仕草になった。

「……というわけなんです。エトナさん、私にも何かお手伝いできることは……」

「お考えは分かりました。しかしあなたはこのエクバルト王国をお救いくださった聖女様であらせられます。僭越《せんえつ》ながら、私共の仕事など、ティアラ様が行うべきではないものと存じます。何よりティアラ様はこれまで、帝国で酷《ひど》く苦労されたとお聞きしております。どうかゆっくりとお過ごしくださいませ」

「ええと、でも……」

お世話になりっぱなしなので、と続けようとしたら、エトナさんはにっこりと微笑《ほほえ》んだ。

「大丈夫でございますよ。ティアラ様が何もしないからと言って、それを悪く言う者などこの城には一人としておりませんから。逆にティアラ様が無理をなさると、私たちも心配なのです。この城の皆のことを思ってくださるのなら、どうかティアラ様もご自愛ください」

……この王城の皆さんが私によくしてくれているのは本当だ。

けれどその反面、別に最近は無理をしていないので、心配されるようなこともないというか……。

「それでは失礼いたしますね。ティアラ様もどうぞお部屋に、既にお掃除も済んでおりますので。……といっても、ティアラ様は常にお部屋を綺麗にしてくださっているので、あまりできることもございませんでしたが」

エトナさんは丁寧《ていねい》に一礼して去ってしまった。

……こうして、何か手伝おうとしても尽《ことごと》く断られ続けた後。

私は自室に戻り、ベッドにうつ伏《ぶ》せになっていた。

「よ、予想以上だった……。まさかここまでお手伝い先が見当たらないなんて……！」

アレックスも最初から分かっていたのだろう。

だからあんな微妙そうというか、曖昧《あいまい》な表情を浮かべていたのだ。

竜舎《りゅうしゃ》で何か手伝おうとした際も断られたのを思い出す。

……この城の皆さんは私のことをどう思っているのだろうか。

私、中身はただの田舎娘だし、そんなに敬われるような人間ではないのだけれど。

レリス帝国の聖女という肩書《かたがき》がエクバルト王国でもこんなに影響を及ぼしてくるとは、思ってもみなかった。

「……まずい。このままだと衣食住とお小遣いをいただきつつ遊んでいるだけのダメ人間になってしまう……！」

というより、既にそんな状態に片足を突《つ》っ込みかけている。

これには危機感を覚えるのが道理だ。

アレックスたち城の皆さんは優《やさ》しいので特に気にしないかもしれないし、実際に私がダメ人間になっても何も言わないだろう。

——でも、それでは私自身があまりにもいたたまれない……！

「やっぱり何かしたい。城の外でもいいから、せめて自分のお小遣いくらいは自分で稼《かせ》ぎたい……！」

前に感じたようにワーカホリックな気質なのかなと思いつつ、でもそれが私なのだから仕方ない。

ただ、城の外でこの件を相談できそうな人となれば……。

「リンジーさんしかいないよね……」

あの魔道具店、失礼ながらあまりお客さんが来ている様子もないけれど、私に何か手伝えることはないだろうか。

「ひとまず、聞くだけ聞いてみよう……！」

私はベッドから起き上がり、自室から出たのだった。

＊

リンジーさんの魔道具店には何度もアレックスと一緒《いっしょ》に行っていたけれど、思えば一人で向かうのはこれが初めてだった。

迷路のような路地を抜け、高い壁にも思える建物で囲まれた魔道具店に辿《たど》り着く。

……魔道具店の前に立っているはずの看板が倒《たお》れていたので、一応、直しておく。

こういうところを見ると、このお店にお客さんなんて来るのだろうかとやっぱり思ってしまう。

それでも……と、私は思い切って魔道具店の扉を開けた。

「こんにちはリンジーさん。いらっしゃいますか……って、えっ？」

「ティ、ティアラかい！　ちょうどよかった！　手伝っておくれ……！」

リンジーさんは店内の一角でバタバタと何かを追いかけていた。

ぴょんぴょんと十匹《ぴき》ほど飛び跳《は》ね回る、拳《こぶし》大の青くて丸い物体。

そのうちの一つがこちらへ跳ねてきたので両手で受け止めると、その物体には円《つぶ》らな目が付いており、触《ふ》れた感覚は柔《やわ》らかでひんやりしている。

「……何これ？」

しかも手の中ですり寄るように動いてきて結構可愛い。

「おぉっ！　早速《さっそく》一匹捕《つか》まえてくれたんだね！　その調子で全部……！」

……そう、リンジーさんが叫《さけ》んだ途端。

周囲を跳ね回っていた青い物体は一瞬動きを止めると、次々に私の方へ寄ってきて、両手に重なるように飛び乗ってきた。

ぷるりと震える青い物体たち、これってもしかして……。

「リンジーさん。この子たちって魔物……スライムですか？」

スライム。

それは魔力を帯びた生物こと魔物でありながら、自然界では発生しない人工の魔物とされている。

錬金術《れんきんじゅつ》の応用で生み出されるようで、体の大半は水分でできているそうだ。

私も本物を見るのは初めてだった。

「正解だよ。こいつらは私が先日注文したスライムでね。さっき届いたんで箱を開けたんだが、途端に跳ね出て逃《に》げられた。でもこいつら、ティアラが気に入ったようだし、来てくれてよかったよ」

「ちなみにリンジーさん。このスライムたち、どうするつもりなんですか？」

「実験に使おうかと」

リンジーさんがそう言った途端、スライムたちはプルプルと震え出し、涙目《なみだめ》でこちらを見上げてきた。

このスライムたち、人工の魔物なだけあって言葉が分かるのかもしれない。

「あの、リンジーさん。実験に使うのは……。ほら、可哀《かわい》そうですし……」

「そうかね？　まあ想像以上に元気だし、無理やり実験に使ってまた逃げられても困るし……この際、スライムはうちのペット扱いでもいいかもね。一応は躾けられるそうだし、店のマスコットにでもなってもらおうか」

するとスライムたちは私の手の上で重なりながらぴょんぴょんと跳ね始めた。

助かったと分かり喜んでいるようだ。

それからスライムたちを一匹一匹、丁寧に箱に戻した後。

「そういえば、ティアラは今日なんの用事で来たんだい？　あの脱走《だっそう》王子が一緒にいない辺り、個人的な用かい？」

「そんなところです」

「なら茶でも出そうかね」

リンジーさんは店の奥で赤の魔法陣《じん》を展開し、その上に小さな鍋《なべ》を載《の》せ、お湯を沸《わ》かし始めた。

赤の魔法陣のお陰《かげ》ですぐにお湯が沸き、リンジーさんはお茶を淹《い》れてくれた。

「ささ、どうぞ」

「ありがとうございます」

お茶を一口飲むと落ち着いて、ふぅと吐息《といき》が漏《も》れそうになる。

「それで用事っていうのは？」

「その……私にも何かできることはないかと思いまして」

「……どういうことだい？」

私はリンジーさんにこれまでの経緯《けいい》を説明した。

このままではダメ人間になりそうなので働きたい……と。

リンジーさんは目を丸くした。

「へぇぇ、こりゃたまげた。……私がティアラの立場だったら延々《えんえん》に城でぐーたらしているけど。ティアラはかなりの働き者だね」

「いえ、そんなことは」

「あるよ。帝国で働きすぎて感覚が若干《じゃっかん》ずれている気もするけれど……まあいい。ティアラが働きたいって言うなら、うちでよければ構わないけど。働いた分はちゃんと払うしさ」

「本当ですか？　ありがとうございます……！」

これで何もかもしてもらうだけの生活から、少しだけ脱却《だっきゃく》できる。

ひとまずの目標は、お小遣いを自分で稼ぐことだ。

ちゃんとお小遣いを稼げるようになったら、もらったお金はアレックスに返そう。

ただ、ちゃんとここで聞かないといけないのは、

「あの、リンジーさん」

「なんだい？」

「この魔道具店、お客さんって来るんですか？　お店のお手伝いはやりたいですけど、仕事もせずにただ立っているだけでお金をもらうのも……」

リンジーさんは小さく笑みを浮かべた。

「本当、ティアラは真面目《まじめ》だね。金は払うって言っているんだから、その辺は楽に稼げたらラッキーくらいに思っておけばいいのに。とはいえ……そうさね。客はたまには来るのと、別に接客しか仕事がないわけじゃない。そこは心配しなくていいよ」

「それならよかったです」

何もせずお金をもらうのでは、これまでと何も変わらない。

アレックスやリンジーさんたちに甘《あま》えてばかりでは、この王国でいつまでも自立した生活を送れない。

リンジーさんは「なら早速」と棚からお金を取り出し、手渡《てわた》してきた。

「まずは私とティアラの昼食を買ってきておくれよ。厳密にはまかない……と言わないだろうけど、働いている最中の食事代はこっちで持つから。私はティアラが昼食の買い出しに行っている間、やってほしいことの準備をするから」

「分かりました、行ってきます！」

早速今日から働けると、私は胸を弾《はず》ませながら魔道具店を出た。

昼食の買い出し先は、前にアレックスと行ったパン屋さんにした。

パン屋さんに向かうと、既に昼下がりで昼食の時間帯を過ぎていたためか、残ったパンは少なかったものの、お客さんもほとんど店内にいなかった。

この分ならスムーズにパンを買って戻れると思っていると、カウンターにいた店主のお爺《じい》さんと目が合った。

お爺さんは「おや……！」と白髭《しらひげ》を揉《も》んだ。

「これは聖女様。お久しぶりですな、今日はお一人で？」

「お久しぶりです、店主さん。アレックスなら今日はお城にいるので、私一人で来ました」

「左様ですかな。して、今日も二階で食べていかれますか？」

「いえ、今日は二人分を買って帰ろうかなと思います。パンを選ぶので、ちょっとだけ待ってくださいね……」

どれにしようかと悩んでいると、お爺さんは「もしよろしければ」と朗《ほが》らかに言った。

「儂《わし》のオススメでよければすぐに詰め合わせてご用意いたしますが。いかがでしょうか」

「本当ですか？　お願いします！」

どのパンも美味しそうだけれど、種類が多くて決めるのに時間がかかりそうだと思っていたところだった。

店主であるお爺さんのオススメなら外すこともないだろうし、安心して買っていける。

お爺さんは「二人分ですな」と、トングで手早く紙袋《かみぶくろ》にパンを入れていき、紙袋の口を丁寧に折って閉じてくれた。

「お待たせいたしました。どうぞこちらを」

「ありがとうございます。ちなみにお代はいくらでしょうか……？」

紙袋を受け取る前に尋《たず》ねると、お爺さんは「お代ならいりませぬよ」と首を横に振った。

「先日魔族が暴れた場所、聞いたところではこの店の近くでもあった様子。であればアレックス王子と聖女様のお陰で、この店と命が助かったも同然。この程度のもので恩人からお代を受け取るわけにもいきませぬ」

「そんな、受け取ってください。これはお使いのようなものなので、ちゃんとお支払いしないと私が怒られてしまいます」

実際、リンジーさんは怒るようなことはしないだろう。

けれど聖女だからとオマケしてもらっては申し訳ない。

労働には対価を、帝国でいいように使われていた私にはそれが身に染みていた。

けれど……。

「聖女様。僭越ながら、果たしてこの王国で、このような些末事《さまつじ》で聖女様を叱《しか》る者がいるとは思えませぬ。故にそこまで心配なさることもないものと存じます。もしお叱りを受けた場合はその者には儂のことを、ありのままをお伝えくださいさい。そうすれば問題ないでしょう」

お爺さんはそれからどこか心配そうな、それでいて温かな表情を浮かべた。

「あなた様は真の意味で生真面目《きまじめ》なお方ですな。噂《うわさ》に聞く帝国で受けた仕打ち故でありましょうか。しかしどうか、もっと肩《かた》の力を抜いてくださいませ。ここは帝国ではございませぬ。儂を含《ふく》め、皆、聖女様をお慕《した》いしております。全《すべ》ての行いが完璧《かんぺき》である必要もございませんし、時にはこうして他者からの気持ちに甘え、何かを無償《むしょう》で受け取るのも必要であるものと思います。……聖女様が無償で我らをお救いくださったのと、同じように」

店主さんの話はなんと表現すべきか、不思議と私の心に染み入ってくるようだった。

その声音が低くありつつ穏やかだからだろうか。

それとも私自身があまり分かっていないだけで、話が的を射たものだったからだろうか。

私はお爺さんの言葉に頷き「ありがとうございます」とありがたくパンの入った大きな紙袋を受け取った。

……それから帰り道、お爺さんの言葉を心の中で思い返した後。

魔道具店に戻った私は、作業中のリンジーさんに「ただいまです」と伝えてから、

「リンジーさん。私、そんなに真面目でしょうか?」

王城でエトナさんからも、パン屋の店主さんと似たような雰囲気《ふんいき》で同じように心配されたかなと思い、リンジーに聞いてみた。

するとリンジーさんは「んっ?」と顔を上げ、私の顔を見つめると、盛大《せいだい》に噴《ふ》き出して蹲《うずくま》った。

小刻みに震えているところを見ると、笑っている……ようだった。

「あの、リンジーさん?」

「ぷっ、ははは……! い、今更何を言うんだいこの子は……! でもようやく自覚したのは、いいことだけど……! ええい、私を笑い殺す気で聞いたんじゃないだろうね……?」

リンジーさんは笑いすぎで呼吸困難に陥《おちい》っていた。

こんなに笑われるのは少しだけ心外だった。

「……そんなに面白《おもしろ》い質問だったでしょうか？」

リンジーさんは笑いすぎて目尻《めじり》に浮かんだ涙を指で拭《ぬぐ》った。

「そりゃ面白いって！　そもそも大真面目な顔して仕事を探しに来た子が……ねぇ？　でも悪かったよ、どうか機嫌《きげん》を直しておくれ。まずは昼食にしよう。どうしてああ尋ねてきたのかは、食べながら聞こうじゃないか」

リンジーさんは布巾《ふきん》で机を綺麗に拭《ふ》き始めた。

その後にパンを食べながら、エトナさんの話や、パン屋でお金の支払いは不要と言われた件などを話した。

リンジーさんは「皆、思うことは同じだねぇ」と感慨深《かんがいぶか》そうに言った。

「ティアラ、やっぱりここで働かずにしばらく王城でぐーたらしたらどうだい？　一度、仕事を完全に頭から排除《はいじょ》した生活を送ってみるのも悪くないと思うけど」

「いえ、それは遠慮《えんりょ》しておきます」

ここまで苦労した意味がなくなってしまうし、仕事を排除した生活といえば、王国に来てからずっとそんな日々だったのだから。

「やれやれ、頑固《がんこ》な子だね。でもだからこそ、ティアラは皆から慕われる聖女様なんだろうね」

＊

昼食後、リンジーさんは机の下から上へと、書類を積み上げていった。

私にやってほしいことがこれらの書類に関係しているというのは分かるけれど……書類を「置いている」のではなく「積んでいる」というのが重要だ。

ともかく凄《すさ》まじい量だった。

書類は埃を被《かぶ》っており、リンジーさんが触る度《たび》に小さく舞い上がる。

「凄《すご》い枚数の書類ですね……。これ、どこから出てきたんですか？」

少なくとも、私が魔道具店を出た時点ではこの机の下にこんな枚数の書類はなかったはずだ。

「店の奥の戸棚《とだな》だよ。書類は大抵《たいてい》そこに放……仕舞《しま》ってあってね。ティアラが外に出ている間に、ひとまず机の下に運んでおいたのさ。机の上に置くと昼食を食べる場所がなくなるからね」

今、間違いなく放置って言いかけた。

思えばリンジーさんが書類仕事をしている姿は、あまり見たことがなかった。

埃の具合からしても、これらの書類はきっと長い間、放置されていたのだろう。

「でもこれ、なんの書類なんですか？　……魔道具？」

書類にはそれぞれ、魔道具の図が描《えが》かれており、説明書きも記されていた。

「その通りさ。これ全部魔道具類の資料でね。私の肩書は知っての通りなんだけど、そんな私が経営している店に、自分のところの魔導具を置きたがる輩はそれなりにいてね。でも面倒だし、小さい店だからって毎回断っているんだけど。そしたら奴《やつ》ら、検討だけでもってこうして資料だけは強《ごう》引《いん》に置いていくのさ。ここに積み上がっているのはここ数年の間に溜《た》まったものだよ」

王国随一《ずいいち》の魔術師にして賢者《けんじゃ》とも呼ばれているリンジーさん。

確かに賢者の魔道具店で扱っている魔道具と言われれば、結構な品にも聞こえる。

要はリンジーさんのネームバリューを利用したい輩が多いのだろう。

ちなみに各資料の端には魔道具を開発している会社名や工房《こうぼう》名が載っているけれど、どれも一度は聞いたことのある有名どころばかりだった。

しかもエクバルト王国以外にもレリス帝国の工房や、他の国の魔道具系の組合の名前まである。

「それでリンジーさん。私はこれらの資料をどうすればいいんですか？」

「選んでほしいんだよ。この魔道具なら商品として置けそうってやつを、ティアラの目線で」

「……はい？」

私の目線で商品を決めるって、本気だろうか。

「いいんですか？　私なんかが選んでも。というより、これらの魔道具ってリンジーさんがこのお店に置くのを断った魔道具なんですよね？」

なのにこの中から改めて品を選んで店内に置きたい、というのも不思議な話に思えた。

「まぁね。でも実際、連中がどんな魔道具を売り込んできたかなんて逐一《ちくいち》聞いてなかったんだよ。言ったろう？　面倒だし毎回断っているって。毎回聞くふりだけして書類を受け取ってからさっさと追い払っているんだよ。だから私はこの書類の中身すら全然見ていない」

「そんな適当な……」

「ただしこれだけ資料が溜まればさ、本当に店に置いてもいい商品の一つや二つ、ありそうな気がするだろう？　そこで大真面目なティアラの出番だ。私みたいに適当なことはせず、しっかりいい魔道具を選んでくれるって期待しているよ？」

ふふんと笑うリンジーさん。

……実を言えば、魔道具店の手伝いと言えば、接客以外に掃除とか器具のお手入れなどを想像していた。

まさかいきなり店に置く商品を決めることになるとは。

しかしこれも立派な仕事だ。

「分かりました。私、頑張《がんば》って選んでみます！」

ようやく巡《めぐ》ってきた仕事に、私は燃え上がるような気持ちだった。

……さて、それからというもの。

リンジーさんが魔導薬と思しき怪《あや》しげな色合いの薬品をガラス管に入れて作業している間、私は延々と資料を眺《なが》め続けていた。

枚数は多いものの、しっかりと中身を確認《かくにん》していく。

まず魔法石の魔力を動力源として水を生み出す魔道具。

これは便利だけど……エクバルト王国の王都は上水道が通っているし、何よりサイズが大きすぎてこのお店には置けない。

資料の寸法が正しければ、大きさは小柄《こがら》な馬ほどもある。

次にお菓子《かし》に魔力を注いでしばらく動くようにする魔道具は……どんな趣旨《しゅし》で作られたのだろう。

説明欄《らん》には動物の形をしたお菓子に使うのがオススメで子供が喜ぶとかなんとか。

食べ物で遊ぶんじゃありません。

他にも実用的なものから用途がいまいちよく分からないものまで、様々な魔道具があった。

……そうやって確認作業をしている最中、ふと思い至る。

「あの、リンジーさん」

「んっ、なんだい？」

リンジーさんはガラス管に薬液を垂らしていた。

「今更ですけど、この手の魔道具選びって素人《しろうと》の私よりアレックスの方が詳《くわ》しいかなって思ったんです。私がある程度まで候補を絞《しぼ》ったら、次にアレックスの意見も取り入れるというのは……」

……と、私がそう話した途端。

リンジーさんは目にも止まらぬ速さでガラス管を試験管立てに置き、私の方に迫ってきた。

普段のゆっくりとした動きからは想像もできない素早《すばや》さで、思わず背筋を伸ばしてしまう。

「お、恐ろしいことを言うんじゃないよティアラ……！」

恐ろしいのは速すぎるリンジーさんの動きです、とはどうにも言い辛《づら》かった。

「言い忘れていたけど、この件は絶対にアレックスには内緒《ないしょ》だよ！　資料の存在も口外厳禁だからね！」

「ええと……理由をお聞きしても？」

聞きつつ、その理由を自分でも考えてみる。

思えばこれらの魔道具系資料は本来、リンジーさん以外は見てはいけないものなのかもしれない。

ここにあるのは有名な工房などが生み出した魔道具の資料ばかりなのだ。

情報が外に漏れてしまえば大問題になっても不思議ではない。

……と、半ば心配していたところ。

次の瞬間、リンジーさんは想像の斜《なな》め上かつ、ある意味での正論を語った。

「理由ってそんなものっ！　あの魔導大好き王子にこの資料について知られたら最後、全部ほしいとか全部注文しようって言い出すに決まっているじゃないか……！　あいつのことだから店が狭《せま》いなんて言い訳したら、広い場所に二号店を出そうとか言い出しかねないよっ！」

リンジーさんの危惧《きぐ》はごもっともというか。

アレックスの性格を考えれば当たり前の話だった。

なので私も「確かに」と即座《そくざ》に首肯《しゅこう》してしまった。

一見用途が不明な魔導具さえ、アレックスならほしがると、確信できてしまう。

リンジーさんの平穏《へいおん》のためにも、今回の件はアレックスには黙《だま》っておいた方が無難だろう。

「それにティアラ。昼食を買いに行ってもらっている間、準備しておくって言ったよね？　実はあの準備ってやつ、この資料を隠《かく》していた戸棚に施《ほどこ》していた、隠蔽《いんぺい》系の結界や封印《ふういん》を解くことだったのさ。……アレックスは目も勘《かん》もいいからね。下手な魔術じゃすぐにばれる。だから戸棚自体に封印を三重、その上で隠蔽系の結界を五重、さらに戸棚内部には気配遮断《しゃだん》系の魔術を二重に仕込んでおいたんだ」

「そ、そんなに厳重に……」

「するさ、もちろん！　……あいつには前科があるからね。前にこの店に商談に来た、とある魔導工房の使いに対して……うん。ともかく色々あったんだよ……」

そう語るリンジーさんの表情はどこか顔が青いというか、なんともいえないものになっていた。

……当時の話は聞かない方がよさそうだった。

「分かりました。今回の件は私とリンジーさんの秘密ということで……」

「頼《たの》んだよティアラ」

ガシッと私の手を握《にぎ》る、というか掴んで握手《あくしゅ》するリンジーさん。

その表情はそれなりに鬼気《きき》迫るものがあった。

……その後、作業を再開した私は店に置いてもいいかな、という魔道具をどうにか五つほどに絞り込んだ。

既に魔道具や魔導書で埋まっている狭い店内に置けそうで、それなりに実用性のありそうな品。

そのころには日は沈《しず》み、夜空で月と星々が瞬《またた》く時間帯となっていた。

「うーん……！」

両手を上に突き出して背筋を伸ばすと、凝《こ》っていた背筋や肩がすっきりした。

一日中椅子《いす》に座《すわ》って資料を眺めていたので、目もしょぼしょぼする。

でもとりあえず一段落したので「リンジーさん」と声をかけてみる。

「候補を五つまで絞りました。見ていただいてもいいでしょうか？」

「おおっ。明日くらいまでかかりそうかなとか思っていたけど、ティアラは仕事が早いね」

リンジーさんはスライムたちに餌と思しき粒《つぶ》を与《あた》えていた。

スライムたちは粒を体に取り込んで飛び跳ねている。

多分、美味しいとか嬉しいとか、そういう感情の表れだろう。

「どれどれ。ティアラが選んだ魔道具たち、しかと拝見しようじゃないか」

リンジーさんは興味津々《きょうみしんしん》といった面持《おもも》ちだ。

私としてはしっかり選んだつもりだけれど、リンジーさんとしてはどうだろうか。

緊張しつつ、リンジーさんに資料を差し出した……その時。

ガチャリと魔道具店の扉が開いた。

「師匠《ししょう》、俺だ。ティアラを知らないか？」

「げぇっ、アレックス⁉」

突然《とつぜん》魔道具店に現れたアレックスに、リンジーさんが素《す》っ頓狂《とんきょう》な声を上げた。

私から資料をひったくるように回収し、自身の背中に隠す。

私も積み上がっていた魔道具系資料の山を、咄嗟《とっさ》に背に隠すように動いた。

……さっき話した傍《そば》から魔道具系資料の存在がアレックスに露見《ろけん》しかけて、私は焦《あせ》っていた。

リンジーさんも分かりやすくあたふたしている。

「ア、アレックス。どうしてここに……？　執務《しつむ》はいいの……？」

「どうしてって、ティアラがこんな時間まで城に戻ってこないからだ。誰もティアラの行き先を知らないと言うから、探しにきたんだよ。執務よりティアラの安否の方が大事だからな」

言われてみれば、エトナさんにも外出する旨《むね》を伝えていなかった。

アレックスが心配するのも当たり前だ。

「だがまあ、師匠の店にいたから問題ないとしてだ。……見たところ、ティアラが働く先は師匠の店になったのか？」

「うん。リンジーさんにお話ししたら分かってもらえたから。自分のお小遣いくらい自分で稼ぎたいもの」

「何度も言うようだが、その必要はないんだけどな……。城でゆっくりしてほしいのが俺の本音ではあるんだが、ティアラがそこまで本気なら止めるのも違うか。それに生活感のない師匠の世話もしてくれるなら、俺も色々と心配をしなくて済む」

アレックスが「特に餓死《がし》の心配をしなくていいのはありがたい」と言うと、リンジーさんは「おい、師匠になんて言い草だい」と憤慨《ふんがい》した。

「私だってそこまでダメ人間じゃないさ。ほら、堅《かた》パンなら後二日分残っている」

「……そういうところだぞ師匠」

アレックスは大きく肩を落とした。

リンジーさんは何故《なぜ》か誇らしげに堅パンを見せているけれど、逆に他の食べ物がないと言っているようなものだ。

自らダメ人間だと露呈《ろてい》させている気がしてならない。

「ティアラ、今更だけど師匠はこんな感じだからな。今後ともよろしく頼む」

「う、うん……」

リンジーさんの手前、分かった、と言い切るのも失礼な気がしたので語尾《ごび》を濁《にご》す。

「さて、ティアラの無事を確認し、師匠のダメさを再認識したところでだ」

「おいアレックス。私のどこがダメなんだい」

リンジーさんによる抗議《こうぎ》を完全にスルーし、アレックスはこちらへとやってくる。

背が高い彼に上から見つめられて、ちょっとだけドキリとする。

……でもよく見ると、目線が私の背後に向いている気がするけれど……まさか。

「師匠がティアラに一体何をやらせているのか不安になってきたな。気のいい聖女様に一体何をやらせているんだ？　何を隠させている？」

「変なことはやらせてないっ！　だからティアラの背後を覗き込もうとするのはやめなっ！」

リンジーさんが素早く私とアレックスの間に割って入り、必死に止めにかかる。

けれどその行いは、却《かえ》ってアレックスの興味を煽《あお》ってしまったようで。

「そんなに必死に阻止《そし》してくるとは。ティアラにやましいことをさせていると言っているようなものだぞ」

このままではリンジーさんが不利かなと、私もアレックスへ言う。

「ううん、違うの。ちょっとアレックスには秘密にしたいことがあるだけで……」

「何、俺に秘密にしたいこと？　……そうか、俺にだけ秘密か……」

するとアレックスは分かりやすく凹《へこ》んでしまった。

彼は王子様なだけに、こうして拒《こば》まれた経験が少ないのだろう。

「共に魔族を退け死線を潜《くぐ》り抜けた友にも明かせないのか……」

アレックスがさらに項垂《うなだ》れてしまう。

……どうしよう、なんだか可哀そうになってきた。

声に覇気《はき》がないし。

これは王子様うんぬんというより、自他共に認める少ない友達《ともだち》に隠し事をされて、単純にショックなのかもしれない。

「リ、リンジーさん。やっぱりアレックスにも教えてあげた方が……」

「ばっ！　馬鹿《ばか》なこと言うんじゃないよっ！　この魔道具大好き王子に話すなんてそんな……あっ」

リンジーさんはしまった、といった表情で固まった。

あからさまに口を滑《すべ》らせてしまったリンジーさんに、私は額に手を当てた。

するとアレックスは案の定というべきか「なんだと⁉」と即座に反応した。

「師匠！　ティアラと一緒に隠している件は魔道具についてなのか⁉　どうして俺に内緒でそんな面白そうな話を進めているんだ！　交ぜろっ！」

落胆《らくたん》から一転、普段の落ち着きが嘘のように、アレックスは騒ぎ始めた。

リンジーさんは「そう言い出すと思ったから内緒にしていたんだよ……！」と声を裏返らせる。

「となると、まさかティアラの後ろにある書類は……！　すまん、ティアラ！」

「えっ……？」

何をするのかと思いきや、アレックスは私を軽々と持ち上げて、ゆっくりと横に下ろした。

……アレックスの膂力《りよりよく》なら人一人を持ち上げるのは造作もないだろうけど、あまりに自然な動きだったので拒む暇《ひま》もなかった。

――普段ならこんな強引じゃないのに。やっぱり魔導の話になると人が変わっちゃうなぁ……。

それでも手付きや動作が優しかっただけマシだと考えるべきだろうか。

当のアレックスは、私が背後に隠していた資料を手に取り、目を見開いていた。

「こ、これは……っ⁉　我《わ》が王国の誇る魔導工房、マギス・テクス工房の新型魔道具の資料！　しかも魔導大国であるレリス帝国を古《いにしえ》より支えてきたオートマティア社のものまで！　師匠！　こんな膨大《ぼうだい》な枚数の宝の山を一体どこに隠していたんだっ⁉」

……大きく開かれた目が、少年のように輝いている。

これは前に王国の魔導博物館に行った時と同じ目だ。

あの時は人目があったから別段騒いでいなかったものの、今は私とリンジーさんしかいないから素が出ているのだろう。

それに私には多すぎるように思えたこの資料の山さえ、アレックスにとっては宝の山に等しいと反応から窺《うかが》えた。

リンジーさんは目を瞑《つぶ》って頭を押《お》さえていた。

「遂《つい》にこの日が来たか……」

「さあ、師匠！　さっさと話すんだ……！」

「ああ、うん。これは各所の工房や魔導の会社の人間が持ってきた資料だ。……それだけさ」

雑に誤魔化《ごまか》そうとするリンジーさん。

けれど今のアレックスは一筋縄《ひとすじなわ》ではいかなかった。

「いいや、連中だって忙しい身だ。師匠の居場所を探《さぐ》っておいて、単に資料を持ち込むだけとは思えない。……もしや師匠。これらの魔道具、店に置かないかと売り込まれたのか？」

「……っ！」

リンジーさんは何故分かったと言わんばかりに一瞬目を見開いたが、それだけでアレックスには十分伝わったようだ。

勘の鋭《するど》いアレックスは「やはり、やはりな」と何度も頷いた。

「それでティアラはどんな作業を任されていたんだ？　こう言っては失礼だが、ティアラにはあまり魔道具に関する知見はないはずだが」

……ここまで見透《みす》かされては仕方がない。

私はアレックスに作業の詳細《しょうさい》を語った。

リンジーさんの代わりに店に置けそうな魔道具を選んでいたと。

また、この魔道具店はさほど広くないので魔道具の大きさについても検討していたと。

それらを聞いたアレックスといえば、

「二人揃って何を言っているんだ。こんなの全部ほし……じゃなくて入荷して使ってみるべきだろう！　それに店が狭いなら広い場所に二号店を出せばいい」

「ほら見たことかこの脱走王子！　やっぱり二号店って言い出したぞ！　私はこの狭い魔道具店が気に入っているんだよ……！　隠居《いんきょ》生活にちょうどいいし落ち着くし！　何より広い店だと無駄《むだ》に仕事が増えるだろうっ！」

先ほど口にした通りの話を展開したアレックスに、リンジーさんは地団太を踏《ふ》む勢いだった。

……気持ちはちょっとだけ分かる。

「それにアレックス！　お前は魔道具を一通り使ったり中身を見てみたいだけだろう！」

「当たり前だ」

アレックスは真顔で言い放った。

その、あまりにも悪びれないというか無邪気《むじゃき》な返答に、リンジーさんは今度こそ「ふんっ！」と地団太を踏んだ。

「なら、この資料を全部くれてやるから！　アレックスが好きなだけ買えばいいじゃないか！」

「いや、それは無理だろう。察するに、連中は王国の賢者にして当代随一の魔術師である師匠の店に置くからこそ、魔導具にも価値が生まれると考えているはず。エクバルト王家の俺が魔導具をほしがれば寄越《よこ》してくれる工房もあるだろうが、全部は無理だろう。それにレリス帝国産のものはティアラの一件もあったから、王家の名を使って先方をあまり刺激《しげき》したくない。加えて、これが一番の問題であるのだが……」

アレックスはごくりと喉《のど》を鳴らした。

「……姉上がこれほどの魔道具を城に置くことを許してはくれまい」

私は思わず「ああ……」と声を漏らしてしまった。

アレックスのお姉様、ソフィア・エクバルト王女。

話したところ家族思いで、アレックスの魔導好きもよく知っている方なのだけれど、城に魔導具を置くことを承知するかと言えば恐らくは難しい。

間違いなく邪魔《じゃま》になるからダメと仰ると、私でも想像できる。

「前に魔導具を大量購入《こうにゅう》しようとした時も……うん。姉上の説得が大変というか不可能だったので頓挫《とんざ》した。だから師匠が資料の魔道具を丸ごと各工房や各社からもらってくれれば一番なんだが。ちなみに二号店開店についてはいくら俺が持てばいい？」

「開店する前提で話を進めるんじゃないよ、この馬鹿弟子《でし》？」

頑張って大量の魔道具を入荷させようとするアレックスと、断固拒否《きょひ》しつつ全力で止めにかかるリンジーさん。

「ティアラ！　一緒に師匠を説得してくれないか？」

「ティアラッ！　この脱走王子をどうにか説得しておくれよっ！」

「……」

双方《そうほう》から同時に迫られ、私は苦笑するしかなかった。

……結局、諸々の結論が出たころには、すっかり深夜になっていた。

＊

翌日早朝。

私はアレックスと一緒に再びリンジーさんの魔道具店を訪《おとず》れていた。

当然、今日も私は店のお手伝いをするつもりだった。

ただしアレックスの目的はお手伝いではなく、昨晩話が纏《まと》まった魔道具の方だった。

「師匠、来たぞ」

アレックスが魔道具店の扉を開けると、リンジーさんが「おっ、来たかい」と出迎《でむか》えてくれた。

机の上には五枚の資料が置かれている。

五枚とも昨日、私が選び出した魔道具の資料だ。

「改めて確認するけど、アレックスはティアラが選んだこの五つで構わないんだね？　他のがいいとかはないね？」

「昨日決まった通り、問題ない。昨日も軽く資料に目を通したが、どれも実用的かつ俺も中身や効果が気になるものばかりだった。店の売り物としても適切だろう。……立地的に、買っていく客が少ないのが悩みどころだが」

「最後のは余計だね」

普段通り無遠慮なアレックスにリンジーさんが苦言を呈《てい》した。

……昨晩の長々とした話し合いにより、決まったことはただ一つ。

それは私が選んだ魔道具五つを試《ため》しに仕入れてみる、ということだ。

当初、私はこの五つの魔道具の中からさらに絞り込むつもりだったけれど、アレックスが「全部は無理でもせめて五種類くらいは！」と言い出したのだ。

そんな訳でリンジー魔道具店に新規入荷する魔道具は計五種となり、早速今日にも入荷しようという話で、昨晩は落ち着いたのだ。

「そういえば気になったんですけど、魔道具ってそんなに早く入荷できるものなんですか？」

問いかければ、リンジーさんは資料の一枚を手にして言う。

「モノにもよるけどね。王都にあるマギス・テクス工房の品ならすぐにでも納品してくれるよ。なんなら昨日の晩、二人が帰った後、魔石通信で連絡《れんらく》を取ったら即座に快諾《かいだく》してくれたよ。朝方持ってくるとさ」

「そうだったのか。これから俺が取りに行こうかと思っていたが……」

「待ちなって。力があるとはいえ、王子を使い走りにしたら向こうも腰《こし》を抜かすだろう。楽しみなのは分かるけれど落ち着きな」

王子を使い走りにして店の掃除や整理、食糧《しょくりょう》調達を任せていたと思えない口ぶりのリンジーさん。

いい人ではあるけれど、良識がありそうで絶妙《ぜつみょう》に欠いているのがこの人だと、最近やっと分かってきた。

そう考えていると、魔道具店の扉が数度叩《たた》かれた。

「すみません。マギス・テクス工房の営業部の者です。昨日ご連絡いただいた品をお持ちしました」

「おっ、こっちもタイミングよく来たね。さてさて……」

リンジーさんが扉を開けると、一人の男性が木箱を抱《かか》えて立っていた。

工房の営業さんはリンジーさんに「この度はありがとうございます。昨晩お話しした通り、今回はお試しということでお代は結構です」と会釈《えしゃく》するものの、顔を上げて店内を覗き込んだ直後……目を見開いて固まってしまった。

「ア、アレックス王子……⁉　何故こんなところに⁉」

ぎょっとする営業さんに、アレックスはこともなげに「ご苦労だったな」と返した。

「幼い頃から通っている店なのでな。今日ここにいるのは『たまたま』だ」

アレックスは、たまたま、の部分を強調した。

何を感じたのか営業さんはこくこくと頷く。

「それと俺がここにいるのは他言無用で頼む。……構わないか？」

「も、もちろんでございます！　それでは失礼いたします……！」

営業さんは店のカウンターに木箱を置くと、するりと扉から出て行く。

その去り際、私とも目が合って「えっ？　もしや聖女様……？」と目を大きくしてから、さらに動きを素早くする。

営業さんは文字通りに逃げ帰るようで、逆に私もびっくりしてしまった。

「王国の第一王子に加え、先日の一件でより有名になった帝国の聖女様。……感覚が麻痺《まひ》していたけど、普通《ふつう》の人が店に入ってくればあんな感じになるんだね」

「さてな。……そんなことより師匠、早く木箱を開けてみよう！　この大きさでマギス・テクス工房の魔道具となればアレだな？」

アレックスはリンジーさんの話をそっちのけにして木箱に迫る。

リンジーさんが「アレだね」と箱を開くと、そこには資料にあった品が綿布に包まれて入っていた。

一言で表せば、それは鏡だ。

黒い金属製の縁《ふち》のある、両手で持てるほどの鏡。

恐らく資料による説明がなければ、これが魔導具と言われても用途は分からなかっただろう。

「おお……これがティアラの選んだ魔道具の一つ。別空間に物体を収納できる鏡か」

アレックスは瞳《ひとみ》を輝かせながら鏡を手に取り、表や裏をじっくり眺めた。

「一昔前なら高度な魔術じゃなきゃ実現できなかった技術だね。王国の工房も中々いい品を作ったものだよ。これなら物を収納したり隠したりするのにも便利だね」

リンジーさんは「起動方法は確か」と手のひらに魔力を込め、アレックスが持っている鏡に手を向ける。

すると鏡の表面は湖面のように波打ってゆく。

その状態にしてから、リンジーさんは店のカウンターに置いてあったコイントレーを鏡へ放《ほう》り投げる。

するとコイントレーは鏡の中へ吸い込まれていった。

「凄い……！　資料で説明は見たけど、こうやって使うんだ」

私も手に魔力を溜め、鏡の表面を波打たせてみる。

そうして鏡に手を入れ、コイントレーを取り出した。

「触った感じ、鏡の中は結構広いですね。確かに収納に便利かもしれません」

と、私やリンジーさんが驚き半分で使い心地《ごこち》を確かめる最中。

鏡を持っているアレックスが微妙そうな表情をしているのに気付いた。

「……アレックス、どうかしたの？」

「いや、どうかしたというか……うぅむ」

アレックスは小さく口籠《くちご》もってから、がっくりと肩を落とした。

「資料をよく読み込まなかったのが裏目に出たな。起動条件の確認を失念していた……。この魔道具、鏡に魔力を込めた手をかざして起動するだろう？」

「それは……あっ」

私もようやく気付いた。

手に魔力を溜めなければ起動できない魔導具とは、魔力を持たないアレックスでは絶対に使えない魔道具ということに他ならない。

アレックスが残念そうにしているのも当たり前だった。

「くっ……だが諦めないぞ。この魔道具に刻まれている魔導式を変更《へんこう》すれば、どうにか俺でも使えるかもしれない。師匠、構わないか？」

「箱の中にもう二枚入っていたからね。二枚は売り物で置くとして、一枚くらいは構わない」

「感謝する……！」

アレックスは鏡に付いている黒い縁を丁寧に外していった。

すると縁が被っていた部分には、肉眼でギリギリ見えるほどの細かな魔導式がびっしりと刻まれていた。

最早魔導式ではなく模様に見える。

アレックスは店の奥からスタンド付きの拡大鏡を持ち出してきて、さらにカウンターの奥からペンのような魔道具を取り出してきた。

「アレックス。魔導式の変更ってもしかして」

「ああ、俺が今から直接書き換《か》えるんだ。魔導式を解読しつつ修正して、齟齬《そご》のないよう整える」

「修正って、そんなことできるんだ」

「一応な。やろうと思えばできるさ」

アレックスはそう言い、拡大鏡越《ご》しに魔導式を眺めて作業に入った。

机に向かって作業に熱中するその様子は、ここしばらく行っていた魔導書の翻訳《ほんやく》作業とよく似ていた。

「そういえばリンジーさん。魔導書の翻訳作業って終わったんですか？　今日はリンジーさんもアレックスもやってないようですけど」

「あの作業なら今、アレックスに任せているよ。城に籠もってじっくりやりたいって言い出したから魔導書も渡してあるのさ。進めているのは魔導式を旧王国語のものから統一言語版に直す作業なんだけど、アレックス的には面白いようで、一人でやりたいんだとさ。私からしたら面倒なことこの上ない作業だけどね」

するとアレックスは上げた顔を顰《しか》めた。

「おいおい、集中している時に俺が加わりたくなる話はやめてくれ。それに楽しいだろう？　魔導式の変換《へんかん》作業は。師匠も王国随一の魔術師なら分かってくれると思っていたが」

「分かるわけないだろう、あんな面倒な作業……。第一、今アレックスがやっている魔導式の修正だってよくやるもんだと思うよ。最初に教えたのは私だけど、まさかこんなにさらりとこなすようになるとはね」

「……？　あの、魔導式の修正ってそんなに難しいんですか？」

アレックスの様子を見ていると、そこまで難しいようには思えないけれど。

リンジーさんは腕《うで》を組んだ。

「正直、私でも難しいね。でもこの王子、剣技《けんぎ》といい飛竜競《ひりゅうけい》といい、常人には難しいことをとことんこなすだろう？　アレックスを見ていると感覚が狂《くる》うけれど、魔導式の修正だって本来は難易度が高い作業なんだよ」

「な、なるほど……」

雰囲気を掴んで半ば理解するものの、リンジーさんの熱弁は続く。

「しかもあの鏡。空間を歪《ゆが》めて鏡の中に物を収納する、いわば空間系統の魔導式を用いた魔道具だろう？　空間系統の魔導式や魔術は扱いがデリケートだから、修正に失敗して暴走したら面倒なことになるんだよ。だからそういう危険性も考えれば、普通は修正しようなんて思わな……んっ？」

リンジーさんが言葉を切って左隣《どなり》を向いた。

するとそこにはガタガタと揺《ゆ》れる箱が置かれていた。

確かあそこにはスライムたちが入っていたはず。

何かを思い出したように、リンジーさんはぽん！　と手を叩いた。

「そういえば朝食をまだ与えていなかったね。……待て待て、すぐにあげるからそんなに暴れるな」

スライムの入った箱は上部に半透明《はんとうめい》の蓋《ふた》が置かれており、スライムたちが勝手に出られないようになっている。

リンジーさんが「はいはい」と餌を手に蓋を外す。

その瞬間……箱の中身が爆《は》ぜたと錯覚《さっかく》するほどの勢いで、スライムたちがパァンッ！　と音を立てて飛び出した。

よほどお腹《なか》を空《す》かしていたのだろう。

そしてスライムが跳ね飛んだと気付いた時、あまりの驚きで、視界に映る全てがゆっくり動いていくように見えた。

至近距離《きょり》でスライムに跳ねられ、三匹ほど顔に張り付かれているリンジーさん。

宙を舞う七匹のスライム。

何事かと気付いて顔を上げるアレックス。

けれど残念ながら、魔導式の修正作業に集中していたアレックスは、反応が遅《おく》れていた。

一匹のスライムがゆっくりとアレックスの手元に落下していく。

アレックスは咄嗟に左手で受け止めようとする。

でもスライムの半液体状の体はアレックスの指の間をすり抜け……。

右手に握るペン状魔道具の先端《せんたん》、修正中の魔導式と接触《せっしょく》している部分に運悪く落ちてしまった。

「……えっ？」

呟《つぶや》きと共に時間の流れが元に戻る。

ドタン！　と顔にスライムを張り付けたまま真後ろに倒れ込むリンジーさん。

目を見開き「何……？」と驚きを露《あら》わにするアレックス。

そんな二人を他所《よそ》にぴょんぴょん跳ね回る可愛《かわい》らしいスライムたち。

ここまでならまだ苦笑い程度で済んだものの……事態はこれだけでは終わらなかった。

「くっ、これは……！」

アレックスの手元に稲光《いなびかり》が走り、咄嗟に彼は後退する。

彼が修正していた鏡型魔道具の魔導式は、スライムが降ってきたことでペン先が逸《そ》れ、縦に一本の長々とした線が入ってしまっていた。

顔からスライムを引き剥《は》がしたリンジーさんも「うわっ？」と焦る。

「ちょっ⁉　完全に暴走しているじゃないか魔法陣？　なんでアレックスがやっていながらこうなるんだい⁉」

「スライムが降って来たからだっ！　一体いつからこの魔道具店はスライム小屋になったんだ？」

二人があれこれ言い合っている間にも鏡型魔道具から迸《ほとばし》る稲光は強くなっていく。

同時、稲光と一緒に魔導具に刻まれていた魔導式が遠目からでも分かるほどに巨大化《きょだいか》し、浮き上がっていった。

「ちょっちょっちょっ……⁉　アレックス、どういう書き換えをしたんだい⁉　魔導式が膨張《ぼうちょう》しているんだが⁉」

「スライムに聞いてくれ！　こうなっては俺もどうなるか分からないぞ……！」

魔導式はどんどん膨張していき、店の一角を包み込むと……周囲の景色が一変した。

私たちは乱雑に物が置かれていた魔道具店から、大小様々な鏡の置かれた空間へ飛ばされていた。

鏡の形状こそあの魔道具そのものだったけれど、手のひらサイズから建物ほどの大きさのものまであった。

「ここ、どこだろう……？」

明らかに元いた空間ではない光景に、魔族バァルの生み出した異空間を連想した。

リンジーさんは捕まえたスライムを抱えながら、周囲の鏡を観察する。

「もしかすると、あの鏡の中にあった空間かもしれないね。本来はここまで広くなかっただろうから、魔導式の暴走で膨張したんだろう。それで私たちが取り込まれたと」

「空間系統の魔導式が暴走するとこうなるのか……。得難《えがた》い経験だが、どうしたものか」

「早く脱出《だっしゅつ》しないとだもんね」

元々私たちがいた魔道具店がどうなっているかも分からないし。

まさか魔道具店のお手伝いにきて、また異空間に飛ばされるとは思っていなかったけれど……。

「ティアラ。申し訳ないが、また頼《たよ》っていいだろうか。ここが異空間なら、俺と師匠だけで脱出するのは難しい。俺たちの尻拭《しりぬぐ》いであの力を使わせたくはないんだが……」

本当に申し訳なさげなアレックスに、私は両手を横に振った。

「ううん、大丈夫だよ。また空間を直す……もとい、元に戻せばいいんでしょ？　前にやってできたんだもの。またできるよ」

私は目を閉じて体内の魔力を高め、空間に向かって意識を集中させる。

周囲は黒い靄《もや》……とは違うけれど、霧《きり》のようなもので覆《おお》われている感覚がある。

これを魔力で押し流して綺麗に払えば、元の空間に戻るはず。

そう思って力を行使しようとしたところ……。

「あっ、スライム！　まだいたのかい」

目を開くと、リンジーさんが抱えている他にも、地面を跳ね回っているスライムの姿があった。

アレックスが「仕方ないな」と捕まえようとすると、スライムはより一層跳ね回った。

そして鏡の一つへと向かって行く。

この分ならスライムが鏡に追い詰められ、アレックスの手がスライムに届く。

……そう思っていたからこそ、次に起こった出来事には驚く他なかった。

――するん！

「えっ」

なんとスライムが鏡に入り込んでしまったのだ。

「何ぃ!?　この鏡、まさか全部繋《つな》がっているのかい？　また凄い異空間だね……」

「しかし全て繋がっているなら、スライムがどこかから出てくるはず。この空間に残しても可哀そうだし、さっさと回収を……」

アレックスが言いかけたところ。

私たちの隣《となり》に立っていた建物ほどの大きさの鏡から、ぬるん！　と何かが出てくる。

それは青く弾《はず》んでいて、半液体状のものだった。

現れた巨躯《きょく》の持ち主は、大きな瞳でこちらを見つめている。

「え、えええっ⁉　大きな鏡から出ると大きくなれるの⁉」

「そのようだな。益々《ますます》興味深いなこの異空間。一体どんな魔導式や法則で成立しているのやら」

驚く私に、冷静に唸るアレックス。

その様を見てリンジーさんはぺしっとアレックスの背を叩いた。

「感心している場合かい！　この脱走王子！　考察より先に、あのスライムをなんとかする方が先決だっ！」

「確かに。となるとまた鏡に入られるのは阻止しないとな」

周囲には、先ほどスライムが出てきた鏡よりも巨大な鏡がいくつもある。

さらに巨大化する前にあの鏡をなんとかしなければいけない。

剣を引き抜き、アレックスは素早く跳躍《ちょうやく》する。

超人的《ちょうじん》な脚力《きゃくりょく》によって、一気に巨大な鏡の真上まで上昇《じょうしょう》した。

「この鏡、鏡面に斬撃《ざんげき》を当てても剣が鏡に取り込まれてしまうか。となれば狙《ねら》うは……！」

アレックスは剣を振りかぶって、鏡の鏡面ではなく縁へと振り下ろした。

途端、鏡の縁の上部に入った無数のヒビが鏡面深くまで達し、鏡は崩壊《ほうかい》してゆく。

「強度はそれほどでもない……次！」

アレックスは同様に、次々と鏡を破壊《はかい》していった。

リンジーさんも魔法陣を展開して、そこから岩石を射出して鏡の縁を壊《こわ》し、砕いていった。

あっという間に巨大な鏡は全て破壊され、残るは小さな鏡のみになる。

「これでもっと大きくなられることはなくなったけど……」

あのスライムはどうするべきだろう。

私の力で元に戻せないとも限らない。

小さな鏡に入れれば小さくなるかもしれないけれど、あの大きさではきっと鏡が割れてしまう。

考えていると、アレックスが私の隣に着地してきた。

「ティアラ。力を使ってあのスライムを戻そうとか思わなくていい。ティアラの力はこの空間を脱する際に使ってほしいし、過度な負担をかけたくない」

「でも、あのスライムをどうにかしないと帰れないよ？　空間を元に戻しても、あんな大きなスライムと一緒じゃ魔道具店も潰《つぶ》されちゃうし……」

「それは心配ない。あの巨大スライムは俺がどうにかする。……師匠。スライムは確か、切ると分《ぶん》裂《れつ》して増えるんだったな？」

「体が半液体状だからね。まさか、あれを細かく刻む気かい？」

「やってできないことはないだろう。元の大きさまで分裂させる。帰った時、魔道具店はスライムだらけになるだろうが……一匹一匹が小さい分、店は保《も》つはずだ」

アレックスはそう言い、一度深呼吸を行った。

それから目を鋭く開いて、目の前から消えた。

……否《いな》、消えたように見えるほどの速度で駆《か》け抜けたのだ。

直後、スライムが無数に分割されて散る。

さらに一秒ごとにどんどん細かくなっていき……十秒ほど経過した頃には、元の大きさのスライムが山のように積み重なっていた。

アレックスは再度私の隣に着地し、剣を鞘《さや》に納めた。

「ざっとこんなところだな。……ティアラ、すまないが」

「うん、分かった」

私は再び目を閉じ集中して、魔力を高めて聖女の力を解き放った。

周囲に漂《ただよ》う霧のようなものを消し飛ばし、空間を元に戻していく。

数秒ほど経《た》ったころには、周囲の霧は霧散《むさん》していったので、目を開いた。

するとそこは元いた魔道具店で、スライムたちがあちこちに転がっていた。

同時、空間を元に戻した反動で疲労感に襲《おそ》われ、私はその場に座り込んでしまった。

「すまないティアラ、大丈夫か」

「うん、平気だよ。これくらい慣れっこだから」

「……今回は言えた身じゃないが、そういうところが心配なんだ……」

アレックスは心配そうな表情を浮かべ「ゆっくり休んでくれ」と、私をすぐそばにあったソファーに座らせてくれた。

そこにも増えたスライムたちが転がっていたけれど、私が座ろうとすれば、スライムたちはスッと横に退《ど》いてくれた。

「さて師匠。このスライムたち、どうするべきだと思う？」

「うーん……本当にどうしようかね。こんなに飼いきれないし、一応は魔物だから野に放てないし。

誰かに管理してもらうのが一番なんだけど……王城はダメかい？」

「ダメに決まっているだろう。姉上が許すはずもないし、こんなに大量のスライムを飼育するのは困難だ」

二人は腕を組んで唸った。

私も「どうすればいいかな」と考えて……はっと思いついた。

「リンジーさん。スライムって錬金術でしか生み出せないんですよね？」

「そうだよ。だからわざわざ知り合いの錬金術師から仕入れたのさ」

「となればスライムって結構貴重なんですよね？　こういう言い方はよくないかもですが、このスライムたち、可愛がってもらえる人たちに売ったらどうでしょうか？　見たところ温厚な性格のようですし」

するとアレックスとリンジーさんは「「おお……」」と声を揃えた。

「その手があったか。確かにスライムは貴重かつペットとしての需要《じゅよう》もそれなりにある。レリス帝国の魔導学園でもスライムの飼育が一時流行《はや》っていたな」

「いいじゃないか！　店の資金にもなるしそうしようかね」

「ではスライムを売って得た金で二号店と多くの魔道具を……」

「出さないし仕入れないからね」

まだ二号店計画を諦めていなかったアレックスに、リンジーさんは食い気味に反駁《はんばく》した。

それから少し休んだ後、私も店にいるスライムたちを一纏《ひとまと》めにする作業を手伝った。

力持ちのアレックスが各所から木箱を回収してきて、その中にスライムたちを餌や水と一緒に入れていく。

可哀そうな気がしたけれど、リンジーさん曰《いわ》く蛇《へび》やトカゲは狭いケースで飼育するそうで、スライムも似たような環境《かんきょう》で飼えるから大丈夫とのことだった。

こうしてこの日の午後はスライムについての作業で終わっていった。

……そして異空間に飛ばされる原因となった、魔導式の修正に失敗した鏡は、リンジーさんが厳重に封印系の魔術を施して店の奥にしまったのだった。

＊

異空間に飛ばされてスライムが巨大化する騒ぎが起こってから三日後。

……リンジー魔道具店は未《いま》だかつてないほどの賑《にぎ》わいを見せていた。

その理由といえば、当然。

「うわぁ！　スライムだ！　可愛い！」

「本来高価なスライムをこんな安価に……！　頼む、うちにも一匹！」

「はい、少々お待ちください！」

私はカウンターでお客さんの対応をしていた。

裏ではリンジーさんが、スライムを持ち帰り用の箱や袋《ふくろ》に一匹ずつ入れながら項垂れている。

「くっ……！　私の隠居生活でこんな多忙《たぼう》な日が訪れようとは……！　というかスライム大人気すぎるだろうっ！」

「そりゃ可愛いスライムがこんなに安く売っていたら噂にもなる。飼育だってしやすいからな」

アレックスもそう言いつつ、スライムを箱に入れていく。

時折「大切にしてもらうんだぞ」と聞こえてくる辺り、アレックスも自分が斬《き》って分裂させたスライムの行く末は気になるのだろう。

そして私も、お客さんにスライムの飼い方——リンジーさんに教わったもの——と、食事をちゃんとあげないと暴れることとも伝えた。

また、時たまお客さんから聞かれる「どこまで大きくなりますか？」という疑問については、前もって私もリンジーさんに確認しておいた。

本来スライムは大きくなっても両手に乗る程度のものらしく、あそこまで巨大化したのは十中八九あの異空間の影響だそうだ。

だから「成長しても一回り大きくなるくらいです」と、私はお客さんに説明していた。

「ありがとうございました！」

最後のお客さんが帰り、ようやく店が静かになったころ。

三日間スライムでいっぱいだった魔道具店の中には、スライムはもう一匹も残っていなかった。

「リンジーさん。せめて一匹くらい残しておかなくてよかったんですか？」

「スライムはもうこりごりだからね。また三日前みたいな騒動《そうどう》に発展しても困る」

リンジーさんは「やっと店が静かになったよ」と伸びをした。

その傍《かたわ》らで、アレックスも「そうだな」と、どこか満足げな表情を浮かべている。

「これでようやく残り四種類の魔道具を入荷できるようになった。俺たちも本来の目的に戻れる」

アレックスは爽《さわ》やかな笑みで話した。

しかし彼の笑顔は、リンジーさんの言葉により崩《くず》れ去ることになる。

「ああ。言い忘れていたけど仕入れはやめたよ。中止する旨を各社、各工房の担当者に伝えたから」

「な、ああっ……⁉」

馬鹿な、あり得ない、一体何を……アレックスはそんな思いがない交ぜになった表情になった。

普段は本当に落ち着いているけれど、魔導が関係すると本当に表情が豊かになる。

「師匠、正気か⁉　あれだけの高性能な魔道具四種類を全部諦めるなんて？」

「アレックスこそ正気に戻りなっ！　あんな騒動があった後でまだ魔道具がほしいのかいっ！　私は悟《さと》ったね。そうさ、変に魔道具を増やそうだなんて思ったからああなったんだよ。つまり、この魔道具店は今のままがベスト！　新たな魔道具も二号店も論外っ！」

リンジーさんの力強い言い切りに、アレックスも説得は無理だと理解したのか。

ただ「仕方ないか……」と肩を落とした。

「しかし師匠。スライム販売《はんばい》で得た利益はどうする気だ？　新たな魔術の開発なんかで、既に金なら腐《くさ》るほど持っているだろう。せめて有益に使おうとは……」

「思っているさ」

リンジーさんはカウンターに置いてあった巨大な革袋を手にした。

中身は全てスライム販売による利益だ。

するとリンジーさんは革袋を「はい」と私に差し出してきた。

「……はい？」

「これ全部ティアラの取り分だからね」

「えっ、いやいや……？　受け取れませんって！　皆《みんな》で稼いだお金なのに！」

「いいんだよ。ティアラは元々お小遣い稼ぎで来たんだし。ならこれ全部、お小遣いにしちゃいなよ。アレックスだって文句はないだろう？」

アレックスは「ない」ときっぱりと言い切った。

「あのスライム騒動は俺が原因でもあるからな。挙句、ティアラに聖女の力を使わせてしまった。一番苦労させてしまったティアラの手元に、報酬《ほうしゅう》として売り上げが全部行くなら、俺も異論はない」

「だからほら、受け取っちゃいなよ。それにここ三日、ずっと客対応もしてもらっていたし。私はああいうの苦手だし、アレックスは王子だから客が萎縮《いしゅく》するだろうって思っていたから。とってもありがたかったんだよね」

リンジーさんとアレックスは二人揃って私に革袋を受け取るよう促してきた。

王子様と賢者様の金銭感覚がおかしい気がしないでもないけれど……うん。

ここまで言われたならもらってしまおうか。

アレックスふうに言えばここでもらわないのはきっと『野暮』なのだから。

「分かりました。二人とも、ありがとうございます」

そうして私はぎっしりとお金の詰まった革袋を受け取る。

とはいえ、ただ受け取るだけでは申し訳ないので……。

「二人とも、このお金を使って打ち上げに行くというのは？　三日間頑張ってようやく落ち着いたんだから、美味しいものでも食べたらいいかなと」

「打ち上げ、いいなそれ。学園にいた頃、友人がサークルの仲間とやっていたのを思い出す。俺は研究が忙しくて加われなかったが……楽しそうだと思ったものだ」

「ええ……？　この時間帯から外に食べに行くのかい？　どこも結構混《こ》んでいそうだし、私は店の中で……」

渋《しぶ》るリンジーさんを、アレックスが「せっかくだから行くぞ」と引っ張り出す。

「そもそも師匠は店から出なさすぎだ。歩いた方が健康的だぞ」

「……せっかくのティアラからのお誘《さそ》いだし、今回は行こうかね」

こうして私たちは魔道具店を出て、夕暮れ時の王都へ繰《く》り出した。

王都は仕事帰りの人で賑わい、アレックスに気付いて手を振る子供もいた。

こういう活気のある街並みの中に私もいると思うと、どこか嬉しくなってくる。

――本当、レリス帝国の宮廷にいた頃が嘘みたい。

隣にアレックスやリンジーさんがいて、毎日が楽しい。

願わくはこんな夢のような毎日が続いていけばいいなと、私は思った。

＊

リンジー魔道具店の近所にある酒場――といってもアレックスに気付いた店員の計らいで奥の個室に通された――で三人が飲食を楽しんだ後。

再びリンジー魔道具店に戻ってきた時、ティアラはアレックスの背で静かな寝息《ねいき》を立てていた。

ティアラを背負うアレックスは、店内にあるソファーへと静かに彼女《かのじょ》を下ろし、寝かせた。

「気持ちよさそうに眠《ねむ》っているね。個室にいたとはいえ、まさか騒がしい酒場で寝ちゃうとは思っていなかったけど」

ティアラを起こさないよう、リンジーは小声で話す。

アレックスも「そうだな」と声を小さくして応じた。

「気が付いたら眠っていたから俺も驚いた。ここ三日間の疲《つか》れが出たんだろう。しかも鏡の異空間から脱出する時も聖女の力を使わせてしまったしな。そこからずっと店で働いていたから、疲労も溜まっていたはずだ」

そのように語るアレックスは、申し訳ないといった表情で「やはり、あの力はあまり使わせるべきではないな」と続けた。

「アレックスの言う通りかもね、空間を戻すのに消費した魔力は相当だろうし」

アレックスは店の奥から毛布を持ち出し、ティアラにかけてから「そういえば」と口に出す。

「師匠、そのうち聞こうと思っていたんだが……。そもそもどうして今更新商品を仕入れようと思ったんだ？　……まさかティアラの影響か？」

リンジーは赤の魔法陣の上に鍋を置き、湯を沸かしながら「まぁね」と答えた。

「実際、検討を始めたのはティアラに手伝いの話をされてからだよ。でもうちは基本、この通りだからね。ティアラの手前、接客以外もやることはあるって伝えたけどさ」

リンジーは静かな店内を見つめる。

「それに有名どころから入荷した新商品があれば、客が多少は増えるかもしれないだろう？　そうすればティアラの仕事も増えてあの子が稼ぎやすくなるかなーって思ったのさ。本音を言えば、お小遣いくらいただであげてもよかったんだけど。でもあの子の性格じゃあ、そうもいかないだろう？　だから私なりに考えてみたのさ」

「なるほど、そういう話だったのか。……すまない師匠、気遣いに感謝する」

「よしなよ。あの子のためにやったことさ」

リンジーはアレックスにカップを手渡す。

カップの中身は相変わらず、前にアレックスが土産《みやげ》で持ってきた茶であった。

「それに紆余曲折《うよきよくせつ》は経たけどさ。スライムのお陰で客は爆増《ばくぞう》してティアラにお小遣いもあげられたし。結果オーライってものじゃないかね？」

「同感だ。よもや、あそこまでスライムで繁盛《はんじよう》するとは想定外だったが。この際、スライム販売も始めたらどうだ？」

「勘弁《かんべん》しておくれ。今回の件で改めて感じたけど、私はこの客の来ない静かな店を経営するのが好きなのさ。あんな喧騒《けんそう》は王都の街中だけで十分さね」

リンジーはしみじみ言うと、湯気の立つ茶を一口飲んだ。

既に王都は夜の闇《やみ》に沈み、外も昼間ほど騒がしくない。

……思えば、こうしてリンジーと二人で静かに茶を飲むのは、留学前日以来だとアレックスは感じていた。

だからこそだろうか、アレックスは懐《なつ》かしい気分に浸《ひた》っていた。

「静かな店……か。俺も嫌《きら》いじゃないけどな。ずっとこの静かな店で、師匠から魔導について学び、過ごしてきたから」

「とはいえ今はティアラもいるけど。三人になって、少し明るくなった店はどうだい？」

まあ、今更聞くまでもないかね、と続けるリンジーに、アレックスは笑みを返した。

「最高だよ。師匠の店に友達と来れる日がくるとは思っていなかったからな。できれば三人で、ずっと長閑《のどか》にやっていきたい」

アレックスは温かい目で、小さな寝息を立てるティアラを見つめるのだった。

あとがき

読者の皆様《みなさま》、本作を手に取っていただきありがとうございます。

八茶橋《やさはし》らっくと申します。

【私は偽聖女《にせせいじょ》らしいので、宮廷《きゅうてい》を出て隣国《りんごく》で暮らします】いかがだったでしょうか。

頑張《がんば》る聖女様の物語を楽しんでいただけたなら、何よりの喜びです。

そしてこれまでにも私の作品を読んでくださった方なら、本作について、もしかしたらこう思われているかもしれません。

八茶橋、またドラゴンが出てくる作品を書いている！　……と。

全くもってその通りでございます。

最早《もはや》、執筆《しっぴつ》作品にはほぼ必ずと言っていいほどドラゴンが登場する有様ですので……！

本作では表紙や口絵にアレックスの兄弟分ドラゴンであるデミスが描《えが》かれていますが、とてもかっこいいと感じています。読者の皆様にも同じように思っていただけたなら、私も嬉《うれ》しい限りです。

・本作について
実を言いますと、本作は驚《おどろ》くほどスラスラと文字が出てきた作品です。

他の作品では展開に悩《なや》んだり、もっとこうした方がと執筆中に様々な修正が入ったものでした。

けれど本作の本編は約一週間で書き上がったほど、執筆の手が進んだ作品でした。

通常であればありえないほどのハイペースなのですが、これもきっと、ティアラたち個性豊かなキャラクターがいたからこそと思います。

心優《やさ》しく頑張りすぎるワーカホリック聖女、魔導《まどう》大好き最強竜騎士《りゅうきし》王子、生活力皆無《かいむ》の引き籠《こ》もり店主賢者《けんじゃ》……こうして並べてみると凄《すさ》まじい面々に感じます。

けれどこの三人の個性が作品を強く引っ張ってくれたのだと思いますし、私自身、書いていてとても楽しい作品でした。

この三人が合わさって生まれる賑《にぎ》やかな雰囲気《ふんいき》が少しでも読者の皆様に届いていれば、私も本作を書いた甲斐《かい》があったものと感じます。

・コミカライズについて
月刊電撃大王《でんげきだいおう》にてコミカライズ企画《きかく》が進行中です。

とても素敵《すてき》なコミカライズになっていますので、連載《れんさい》が始まった際はぜひ読んでください！

・最後に
素敵なイラストを描《か》いてくださった持月《もちづき》コモチ先生、様々な面で対応してくださった担当編集のK様、本作の出版に関わってくださった全ての皆様に、心より感謝申し上げます。

そして改めまして、読者の皆様、本作を手に取っていただき本当にありがとうございました。

またどこかでお会いできますと幸いです、それでは今回はこれにて失礼いたします。

八茶橋らっく

DRAGON NOVELS
ドラゴンノベルス

私は偽聖女らしいので、宮廷を出て隣国で暮らします

2023年12月5日　初版発行

著　　者　八茶橋《やさはし》らっく

発 行 者　山下直久

発　　行　株式会社 KADOKAWA
〒102-8177　東京都千代田区富士見 2-13-3
電話 0570-002-301 (ナビダイヤル)

編　　集　ゲーム・企画書籍編集部

装　　丁　寺田鷹樹 (GROFAL)

D　T　P　株式会社スタジオ２０５プラス

印 刷 所　大日本印刷株式会社

製 本 所　大日本印刷株式会社

DRAGON NOVELS ロゴデザイン　久留一郎デザイン室+YAZIRI

●お問い合わせ
https://www.kadokawa.co.jp/（「お問い合わせ」へお進みください）
※内容によっては、お答えできない場合があります。
※サポートは日本国内のみとさせていただきます。
※ Japanese text only

定価（または価格）はカバーに表示してあります。

ISBN978-4-04-075257-0　C0093

Sammbon
サンボン
[illustration]
ファルまろ
falmaro
転生先は自作小説の悪役小公爵でした
断罪されたくないので
敵対から溺愛に
物語を書き換えます
His reincarnation was
as a villainous little duke
in his own novel.
ドラゴンノベルス

SAKURAI YU
桜井 悠
[Illustration] 雲屋ゆきお
虐げられし令嬢は、世界樹の主になりました
～もふもふな精霊たちに気に入られたみたいです～
ドラゴンノベルス

悪役令嬢に転生した私と
悪役王子に転生した俺
Shusaku
秋作
[Illust]
やこたこす
ドラゴンノベルス

どうも、
物欲の聖女です
Doumo, Butsuyoku no Seijo desu.
無双スキル「クリア報酬」で
盛大に勘違いされました
ラチム
ill. 吉武
ドラゴンノベルス

シリーズ1〜2巻発売中

KADOKAWA

どうも、物欲の聖女です

無双スキル「クリア報酬」で盛大に勘違いされました

ラチム

イラスト／吉武

物欲に取り憑かれた女の子は、強いのです！
痛快、スキルアップファンタジー!!

異世界のとある国の王に召喚された女子高生マテリに付与されたスキル『クリア報酬』は、一見何の役にも立ちそうにない地味なもの。しかし、それは、与えられた課題をクリアすれば、滅多に手に入らないアイテムが貰えるチートスキルだった！　『クリア報酬』で次々とアイテムをゲットするマテリは、気がつけば盛大に「聖女」だと勘違いされるようになり……。

捨てられた聖女はダンジョンで覚醒しました
The abandoned saint awoke in dungeon
真の聖女？いいえモンスター料理愛好家です！
[著]朝月アサ
[Ill.]chibi
ドラゴンノベルス